DER EARL VON PEMBROKE

Die Liga der Schurken - 7

LAUREN SMITH

Übersetzt von
CORINNA VEXBORG

ISBN: 978-1-956227-89-5 (E-Book-Ausgabe)

ISBN: 978-1-956227-90-1 (Druckausgabe)

KAPITEL 1

KAPITEL EINS

Tagsüber war London eine geschäftige Stadt mit Kutschen, die über die gepflasterten Straßen fuhren, und Frauen, die Blumen aus stark duftenden Körben verkauften, während die Leute in den Geschäften stöberten und Freunde besuchten. Doch mit Einbruch der Dunkelheit konnten die Schatten den Augen derjenigen Streiche spielen, die dumm genug waren, durch die Straßen zu gehen, nachdem die Sonne unter den Horizont gesunken war.

Und ich gehöre zu diesen Narren.

Gillian Beaumont blinzelte in die nächste Gasse, schluckte schwer und unterdrückte jedes Mal einen Angstschrei, wenn sie glaubte, etwas in der Gasse flattern zu sehen, das wie die Flügel einer Fledermaus aussah. Die Kutsche, mit der sie ins Temple-Bar-Viertel gefahren war, ratterte bereits davon und ließ sie allein. Die Blätter des Frühherbstes fegten über den Boden, verhedderten sich wie braune Spinnen in ihren Röcken und ließen sie zusammenzucken. Sie fasste ihr Kleid unter den Knien und schüttelte den Stoff, um die vertrockneten Blätter von ihrem dunkelvioletten Satinkleid zu lösen. Dann wandte sie sich ihrer Umgebung zu. Sie stand auf der Straße in der Nähe des Königlichen Gerichtshofes und des Eingangs zum Twinings-Teeladen.

Durch die Dunkelheit konnte sie das vergoldete Schild mit der Aufschrift *Twinings* erkennen, und sie konnte gerade noch die beiden chinesischen Gentlemen ausmachen, die über dem Namen des Teeladens in den Stein gemeißelt waren. Ihre Gesichter wirkten in den Schatten grimmig, und Gillian wandte ihren Blick ab und stattdessen der hohen schwarzen Gestalt der Greifenstatue zu, die jetzt eher wie ein Drache aussah, weil die Schatten ihren Augen einen Streich spielten.

In diesem Moment wünschte sie sich, sie wäre wieder in ihrem warmen Bett. Schlafend. Schlafend und von einem bestimmten Mann träumend, und den gestohlenen Küssen, die sie geteilt hatten und die sich immer wieder in ihr Bewusstsein drängten.

James Fordyce. Der Earl of Pembroke war ein schneidiger Gentleman mit einem Herz aus Gold und den wärmsten braunen Augen, die sie je gesehen hatte. Sie konnte immer noch spüren, wie ihre Hände durch die Strähnen seines dunklen Haares fuhren, als er sie in der Ecke einer Buchhandlung küsste und ihr Gedichte zuflüsterte. Er war alles, was sie sich erträumt hatte, aber nie haben konnte. Sie war eine Dienerin und konnte nicht mehr sein als das. Ein stechender Schmerz in der Brust ließ sie nach Luft schnappen, aber sie straffte die Schultern und schüttelte den Schmerz ab, etwas, das sie seit vielen Jahren gelernt hatte zu tun.

So gefährlich ein Traum von James für ihr Gleichgewicht auch war, so war er doch weitaus sicherer als das, womit sie derzeit beschäftigt war - der Jagd nach ihrer wilden, eigensinnigen Herrin, Audrey Sheridan.

Audrey versuchte gerade in dieser Nacht, eine Gruppe von Schurken zu entlarven, die zu einem Hell-fire-Club gehörten, der als die Unheiligen Sünder der Hölle bekannt war. Ein furchtbarer Name für eine furchtbare Gruppe von Gentlemen. Als Dienstmädchen hätte sich Gillian eigentlich darauf beschränken müssen, Audrey anzuziehen, sie auf den Tag vorzubereiten und sich neue Frisuren einfallen zu lassen. Sie sollte *nicht* nach Einbruch der Dunkelheit in einer Domino-Halb-maske und einem dunkelvioletten Abendkleid mit unmöglich tiefem Ausschnitt durch die Stadt schleichen und nach einer Gruppe gefährlicher Männer suchen, die angeblich Jungfrauen verführten und dem Teufel Opfer brachten.

»Himmel, Audrey, was hast du uns da eingebrockt?«, murmelte Gillian vor sich hin. Sie überprüfte hastig die Adressen der umliegenden Gebäude und erinnerte sich an den Ort, den Audrey ihr am Morgen in einem Brief gezeigt hatte, der eine Wegbeschreibung zum Club enthielt.

In dem Schreiben hieß es, der Club befinde sich in einem hohen weißen Gebäude, zwei Türen entfernt vom Twinings-Teeshop. Der Türklopfer war ein eisernes Wasserspeiergesicht, das alle Besucher angrinste. Als sie das eher unscheinbare Gebäude erreichte, das angeblich eine Höhle der Teufelsanbeter beherbergte, studierte Gillian die Tür. Ihr Herz stolperte ein paar Schläge, weil die Nerven sie zu erstarren drohten.

Es gab keine andere Möglichkeit, als hineinzugehen. Audrey, ihre eigensinnige Herrin, war auch ihre Freundin, und sie hatte Gillian an diesem Abend versprochen, nicht an diesen Ort zu gehen. Doch als Gillian aufgewacht war und Audrey nicht mehr vorfand, wusste sie, wohin ihre Herrin gegangen sein musste.

Sie hat mich angelogen. Zweifellos aus der dummen Vorstellung heraus, dass sie mich beschützen will, aber das tut sie nicht.

Gillian hätte sich in die Feuer der Hölle gestürzt, um ihre Herrin zu schützen. Sie waren gleich alt, gerade mal neunzehn, und in einem anderen Leben wären sie vielleicht enge Freundinnen gewesen, hätten sich zum Tee bei Gunter getroffen oder wären gemeinsam auf Tanzabende gegangen.

In einem anderen Leben ... Wenn sie als Erbin des Nachlasses ihres verstorbenen Vaters geboren worden wäre, anstatt als Tochter der Mätresse eines Grafen.

Ihr Halbbruder Adam war jetzt der Earl of Morrey, und ihre Halbschwester Caroline wusste nicht einmal, dass es sie gab. Der frühere Earl of Morrey hatte dafür gesorgt, dass seine langjährige Mätresse, Gillians Mutter, in einem Haus in Mayfair gut untergebracht war, und er hatte sich sogar um Gillians Ausbildung gekümmert, aber selbst mit dieser Hilfe hatte ihre Zukunft nur begrenzte Möglichkeiten beinhaltet.

Gillian hob eine behandschuhte Hand zu dem grotesken Wasserspeier und klopfte zweimal laut an den Türklopfer. Ihr Atem stockte in ihren Lungen, und sie wartete, während ihr Körper bei dem Gedanken an die Art der Männer im Inneren zitterte. Als sich die Tür endlich öffnete, musterte ein grimmiger Butler sie von oben bis unten, bevor sich seine Lippen zu einem grausamen Lächeln verzogen.

»Ein bisschen spät, aber das macht nichts. Sie haben heute Abend genug Energie, um sich um *jede* Dame zu kümmern.« Er winkte ihr zu, einzutreten. Gillian zögerte, bevor sie einen zaghaften Schritt nach vorne machte. Ihre Haut kribbelte, als der Butler ihr zu nahe kam, als er die Tür schloss. Sie versuchte, nicht darüber nachzudenken, was seine Begrüßung andeutete.

»Hier entlang.« Der Butler führte sie den Korridor entlang zu einer Kammer und öffnete ihr eine Tür, damit sie eintreten konnte. Der Salon, wenn man ihn überhaupt so nennen konnte, war mit dunklen Brokatmöbeln und roten Satinwänden ausgefallen dekoriert. Diese zwielichtigen Männer versuchten sicherlich, eine sündige und verführerische Atmosphäre zu schaffen, aber das wirkte nicht geschmackvoll, sondern eher krass. Doch sie waren eindeutig auf Gäste vorbereitet. Ein Feuer war angezündet, und ein Teetablett stand auf dem Tisch.

»Frisch aufgebrüht«, versicherte ihr der Butler. »Bedienen Sie sich. Wenn sie bereit sind, werden Sie gerufen.«

Gillian murmelte ihren Dank und ließ sich auf der Couch nieder. Sie griff erneut nach oben, um sicherzustellen, dass ihre Maske nicht verrutscht war. Sie war immer noch fest über ihren Gesichtszügen befestigt.

Wo war Audrey?

Laut den anderen Bediensteten im Hause Sheridan war sie eine halbe Stunde vor Gillians Erwachen gegangen. Hatte sie den schützenden Beistand von Charles Humphrey angefordert, wie sie gesagt hatte, dass sie das vorhatte? Gillian hoffte das sehr. Andernfalls würde Audrey sich selbst einem großen Risiko aussetzen. Der

Earl of Lonsdale war ein äußerst vertrauenswürdiger Gentleman, aber er hatte einen verruchten Ruf, der ihm den Eintritt in diesen Club ermöglichte.

Früher am Tag waren Gillian und Audrey von einem Mann, den sie kannten, gewarnt worden, diesen Hell Fire Club heute Abend nicht aufzusuchen. Einer der Mitglieder, Gerald Langley, hatte Rache an Audrey geschworen – oder besser gesagt, an Lady Society, Audreys anonymer Identität als Verfasserin einer Gesellschaftskolumne. Sie hatte seinen Ruf zerstört. Ihre Bemerkungen in der Kolumne der Lady Society waren korrekt und ehrlich gewesen, aber dass sich der gesamte *ton* geschlossen gegen Langley wandte, ließ diesen nun nach Rache gieren.

Glücklicherweise wusste er nicht, dass Audrey Lady Society war; das war zumindest ein kleiner Segen. Aber Audrey und Gillian waren gewarnt worden, dass Langley Lady Society unter anderem mit der Drohung, Jungfrauen gegen ihren Willen zu entjungfern, in seine Teufelshöhle locken würde, und Audrey war nicht die Art Frau, die eine Herausforderung ablehnte. Aber sie hatten einen Plan, den sie an diesem Morgen gemeinsam ausgearbeitet hatten. Sie wollten ein paar weibliche Mitglieder dieses dummen Hell Fire Clubs ansprechen und mit ihnen gegen eine angemessene Bezahlung tauschen. Doch nach den Abenteuern des Tages und der Gefahr, in die sich Gillian begeben hatte, als ein Mann sie angegriffen hatte, von dem sie vermutete, dass er mit Gerald Langley im Bunde stand, hatte Audrey versprochen, den Plan, heute Abend in den Club zu gehen, aufzugeben. Doch als Gillian aus dem Schlaf erwachte, fand sie ihre Herrin nicht mehr vor. Hatte Audrey Kontakt zu einer dieser Frauen aufgenommen? Sicherlich hatte sie das.

Gillian stand auf und schritt im Zimmer umher, die Sorge in ihrer Magengrube wuchs. Es gefiel ihr nicht, dass sie allein war, und noch weniger, dass sie nicht wusste, wo Audrey war. Sie sollten hier zusammen sein und sich den Gefahren des Clubs gemeinsam stellen. Sie biss sich nervös auf die Lippe und entschied sich nach einem Moment, schnell eine Tasse Tee zu trinken. Sie bereitete eilig eine Tasse zu und trank sie, in der Hoffnung, ihre Nerven zu beruhigen. Dann stellte sie die Tasse wieder ab, hasste den bitteren Geschmack und wünschte, es wäre Zucker da gewesen, aber es gab nicht einmal einen Krug Milch. Nur wahre Teufel würden Tee ohne Milch und Zucker servieren.

Gillian konnte die erstickende Hitze des Feuers nicht ignorieren. Das Haus um sie herum war still, bis auf das gelegentliche Bellen eines entfernten männlichen Lachens aus einem anderen Raum. Jedes Mal, wenn sie dieses Geräusch hörte, verkrampfte sie sich.

Plötzlich löste sich ein Teil der Wand und entpuppte sich als Tür. Eine Gestalt in schwarzer Hose, weißem Hemd und schwarzer Weste tauchte auf. Er trug eine

Domino-Maske, auf der die feinen Umrisse eines Teufels in Rot auf Schwarz gemalt waren.

»Guten Abend, meine Liebe«, säuselte der Mann, als er ihr die Hand reichte. Seine langen Finger waren weiß und auf seltsame Weise bedrohlich.

Gillian schluckte. »Meine Freundin und ich sollten zusammen hier sein. Sie dürfte ein rotes Kleid tragen. Ist sie schon da?«

»Ah ...« Die Lippen des Mannes zuckten. »Die Dame im roten Kleid. Sie ist hier und wartet auf dich.« Die Maske konnte die Grausamkeit in seinen Augen kaum verbergen, und sie erschauderte.

»Wartet?« Gillian wünschte, sie hätte auch nur eine winzige Ahnung von dem, was gleich passieren würde, aber das hatte sie nicht. Sie stürzte sich kopfüber in diese dunkle und gefährliche Welt der Teufel.

Der Mann krümmte die Finger seiner noch offenen Hand und winkte ihr zu. »Ja, wir werden gleich mit dem Fest beginnen.«

Gillian ging auf ihn zu, und er griff nach unten und nahm eine ihrer behandschuhten Hände. Sie ließ zu, dass er sie in die Dunkelheit führte.

❧

JAMES FORDYCE, DER EARL OF PEMBROKE, starrte auf die Kartentische in dem heimlichen Treffpunkt, von dem London wusste, dass er nur in Gerüchten existierte. The Wicked Earls' Club. Die Mitglieder waren an einer kleinen silbernen Anstecknadel zu erkennen, die sie in ihrer Krawatte trugen. Einst war es eine Gilde prominenter und mächtiger Männer gewesen, die sich im Geheimen trafen, um Geschäfte zu machen und sich gegenseitig zu begünstigen, aber ihr Zweck hatte sich in einer korrupteren Welt aufgelöst. Es war kein Ort der Bösartigkeit, aber als James die Männer um ihn herum betrachtete, deren Augen auf die umgedrehten Karten, die reichlich auf den Tischen stehenden Flaschen und die gelegentlich über die Arme der Männer drapierten Frauen gerichtet waren, deren Brüste den Blicken aller Männer im Raum schmeichelten, wurde ihm klar, dass es hier eine Art Dunkelheit gab. Die Dunkelheit, die von gebrochenen, verlorenen Seelen ausgeht.

Seelen wie die meine.

Eine dunkle Gestalt tauchte im hinteren Teil des Raumes auf, und James erkannte ihn, den Anführer ihres Clubs, den Earl of Coventry. Coventry nickte James zur Begrüßung kurz zu. James erwiderte das Nicken und sah sich erneut im Raum um. Die Reihen des Clubs hatten sich in den letzten Jahren gelichtet, und er lächelte bei dem Gedanken, dass so viele seiner Freunde sich mit Ehefrauen niederließen. Die Heirat mit guten Frauen hielt die Männer von solchen Clubs fern.

»Coventry sieht zufrieden mit sich selbst aus«, murmelte jemand neben James. Zu seiner Linken sah er seinen Freund Pierce Chamberlain, den Earl of Wainthorpe.

»Wainthorpe, ich habe nicht erwartet, dich heute Abend zu sehen. Ich dachte, du gehörst zu den Glücklichen, die sich im Eheglück sonnen.«

Wainthorpe setzte ein Lächeln auf, das die kleine Narbe an seiner Schläfe erhellte. »Ich werde der Glückseligkeit zustimmen, aber wenn du es wagst, auch nur ein Wort zu irgendjemandem zu sagen ...«, knurrte Wainthorpe.

James schmunzelte über die Reaktion seines Freundes. Wainthorpe verhielt sich grob, war aber einer der weichherzigsten Männer, die James je getroffen hatte.

»Dein Geheimnis ist bei mir sicher«, versprach James. »Was meintest du mit dem, was du über Coventry gesagt hast?«

Wainthorpe verschränkte die Arme und blickte finster drein. »Jedes Mal, wenn einer von uns vor den Altar gezerrt wird, grinst er von einem Ohr zum anderen, als ob er eine Rolle in unserer Ehe gespielt oder irgendwie davon profitiert hätte. Verdammt seltsam.«

Einen Moment lang sprach keiner der beiden Männer. »Was führt dich heute Abend hierher, Pembroke?«

»Ich versuche, meine Sorgen zu ertränken«, erwiderte James sardonisch, doch Bitterkeit haftete seinen Worten an, denn sie waren wahr. Zuvor hatte er an diesem Tag die wunderbarste Frau kennen gelernt und sie dann prompt *verloren*. Gillian Beaumont war ihm ein völliges Rätsel, und er befürchtete, dass er sie nie wieder sehen würde.

»Oh Gott, komm und trink etwas mit mir und erzähl mir alles. Als verheirateter Mann kann ich solide Ratschläge bezüglich des schönen Geschlechts geben. Aber nichts davon wird auch nur einen halben Penny wert sein.«

Wainthorpes Sticheleien brachten James erneut zum Schmunzeln. Sie nahmen zwei Stühle an einem Tisch ein, der weit genug von den Karten spielenden Männern entfernt war, so dass sie sich unterhalten konnten, ohne von den Spielen abgelenkt zu werden. Eine Flasche Scotch stand auf einem silbernen Tablett mit mehreren Gläsern, und Wainthorpe schenkte beiden eine ordentliche Menge des Getränks ein. Sie stießen mit ihren Gläsern an und nahmen jeweils einen Schluck.

»Na dann lass von deinen Sorgen hören.«

James seufzte. »Ich habe heute eine Frau im Geschäft einer Modistin getroffen. Ich war mit meiner Schwester Letty unterwegs, und wir machten die Bekanntschaft von Miss Gillian Beaumont. Du kennst sie nicht zufällig, oder?« Er hatte den ganzen Abend damit verbracht, jeden, den er kannte, zu fragen, ob ihm der Name bekannt vorkam, und bis jetzt hatte ihm niemand eine positive Antwort gegeben.

»Beaumont?« Wainthorpe ließ sich den Namen auf der Zunge zergehen und schmeckte ihn. »Ich kannte einen Mann namens Beaumont, den Grafen von Morrey. Sein Sohn Adam trägt nun den Titel. Anständiger Kerl. Seine Schwester ist sehr hübsch, aber ihr Name ist Caroline. Nicht Gillian.«

»Eine entfernte Cousine vielleicht?«, fragte sich James laut.

»Vielleicht.« Wainthorpe schenkte sich einen weiteren Drink ein. »Ich könnte meine Cousinen auf die Sache ansetzen. Sie sind ziemlich gut darin, Frauen aufzuspüren.«

James schnaubte. »Gott schütze jeden, der versucht, sich vor deinen furchterregenden, aber schönen Cousinen zu verstecken.« James beeilte sich, den letzten Teil hinzuzufügen, um seinen Freund nicht zu verärgern.

»Die Frau hat dich also gefesselt, sagst du?«

»Ja.« *Gefesselt* war der richtige Ausdruck dafür. Nachdem er sich in einer Buchhandlung ein paar Küsse gestohlen hatte, konnte er ihre Lippen immer noch wie ein Gespenst auf seinen eigenen spüren, und ihr süßer Geschmack verfolgte ihn immer noch. Hätte er sie nur aus Neugierde und Lust gefunden, wäre das eine Sache gewesen, aber er hatte das schreckliche Gefühl, dass sie in großer Gefahr war. Und er konnte den Gedanken daran nicht ertragen, nicht wenn es in seiner Macht stand, sie zu beschützen.

Am Abend zuvor hatte er sie nach Hause begleitet, nachdem sie bei Gunter einen Brief erhalten hatte. Als er sie aus der Kutsche gelassen hatte, war sie von einem feigen Mann überfallen und bewusstlos gemacht worden, der ihr dann den Brief gestohlen hatte. Als James sie nach Einzelheiten gefragt hatte, hatte sie sich geweigert, ihm etwas mitzuteilen. Er hatte keine andere Wahl gehabt, als sie am Stadthaus eines Freundes, Viscount Sheridan, abzusetzen, und dann war sie verschwunden. Er hatte vor, am kommenden Tag Cedric Sheridan aufzusuchen und zu fragen, wer sein geheimnisvoller Gast war und warum sie in Gefahr sein könnte.

»Nun, du kannst deine Suche morgen beginnen, ja? Heute Nacht sollte niemand auf der Straße sein. Gerald Langley, der aus der Lady Society-Kolumne, trifft sich mit dem von ihm geleiteten Hellfire Club. Manchmal wird dieser Haufen ein bisschen unruhig und geht auf die Straße. Jeder, der sich ihnen in den Weg stellt, kann sich in Gefahr begeben. Vor ein paar Monaten hätten sie fast einen Mann getötet. Sie waren bereit, ihn in die Themse zu werfen, als die Bow Street Runners auf den Plan traten.«

»Was? Das ist ja furchtbar!« James erinnerte sich, etwas über diesen Langley gelesen zu haben. Der Mann hatte eine Wette abgeschlossen mit ... James gefror das Blut in den Adern. Langley hatte eine saftige Wette auf denjenigen abgeschlossen, der eine Dame namens Alexandra Rockford verführen würde.

James' Freund Ambrose Worthing war auf die Wette eingegangen, aber nur, um die Dame zu verschonen, und er hatte später seine Beteiligung an der Kolumne der

Lady Society gestanden. Diese Kolumne hatte Langleys Namen irreparablen Schaden zugefügt. Langley hatte in der Stadt Gerüchte gestreut, dass er Lady Society nicht nur entlarven, sondern ihr auch Schaden zufügen würde.

Und heute hatte Ambrose Worthing Gillian eine Nachricht gegeben, die dazu geführt hatte, dass sie angegriffen wurde. *Sie kann doch nicht die Lady Society sein?*

»Wo trifft sich Langleys Hellfire Club?«, verlangte James und betete, dass Wainthorpe es wissen würde.

»Im Strand, wie ich höre. Böse Teufel. Langley lockt gerne Jungfrauen zu den Treffen mit dem Versprechen, reiche Ehemänner zu finden, und, na ja, du weißt schon …« Wainthorpe sprach nicht zu Ende, aber sein finsterer Blick sagte James alles, was er wissen musste.

James sprang von seinem Stuhl auf. »Ich muss gehen. Danke für den Drink.«

»Wohin gehst du?« Wainthorpe erhob sich ebenfalls und runzelte besorgt die Stirn.

»Ich werde versuchen, Langley aufzuhalten. Ich habe den Verdacht, dass meine geheimnisvolle Miss Beaumont Lady Society sein könnte.«

»Was?« Wainthorpe starrte ihn mit offenem Mund an. »Soll ich mitkommen?«

»Nein, geh nach Hause zu Bianca. Gott weiß, was für ein Chaos heute Abend entstehen wird. Ich möchte deinen Ruf nicht riskieren, und ich vermute, dass ich durch das Mitbringen anderer Personen eher noch mehr als weniger in Gefahr gerate.« James lächelte ihn an.

»Sag Bescheid, wenn du mich brauchst«, rief Wainthorpe ihm hinterher, als James den Club verließ.

James hielt einen Mietkutscher an, als er die Stufen des Clubs hinunter und auf die Straße eilte, und sagte dem Fahrer, er solle ihn zum Strand bringen. Er betete nur, dass er nicht zu spät kommen würde.

KAPITEL 2

KAPITEL ZWEI

Als James die Straße namens Strand erreichte, suchte er die dunklen Gassen und Gebäude ab. Die Angst um Gillian baute sich in ihm auf wie ein Sturm. Sie war eine adlig geborene Dame, die nicht mit den Schrecken eines Hell Fire Clubs konfrontiert werden sollte, vor allem, wenn sie erfuhren, dass sie Lady Society war. Obwohl er ihr zutraute, dass sie durchaus in der Lage war, auf sich selbst aufzupassen, fürchtete er, dass sie in eine Falle tappte und es nicht wusste. Er musste sie finden, bevor ihr etwas zustieß.

Wenn er Glück hatte, war sie nicht hier, und er würde den Rest der Nacht damit verbringen, ein paar Narren dabei zuzusehen, wie sie eine schwarze Messe abhielten und den Teufel anbeteten. Er betete inständig, dass es Letzteres sein würde.

Er erblickte einen Mann in einem schwarzen Mantel und einer Maske, der die Straße entlangging. Er war zweifelsohne ein Mitglied des Hell Fire Clubs. Der Mann hielt inne und blickte sich um, bevor er die Stufen zu einem der eher unscheinbaren Gebäude in der Straße hinaufging.

James warf seinem Fahrer ein paar Münzen zu und rannte der Gestalt hinterher. Er holte ihn gerade ein, als der andere den Klopfer anheben wollte. Es gab nur einen Weg nach drinnen, den er sich vorstellen konnte, und er bedauerte sein Vorgehen nicht.

»Verzeihung«, sagte James.

Der Mann drehte sich erschrocken zu ihm um. »Was zum ...«

James' Faust traf ihn direkt am Kiefer. Der Mann sank wie ein Stein zu Boden und lag still. James zerrte den Mann die Treppe hinunter und versteckte ihn hinter einigen Büschen, die in der Nähe des Eingangs standen. Er streifte die Halbmaske vom Gesicht des Mannes ab und zog sie sich selbst an, nahm den Umhang und legte ihn sich um die Schultern.

Er schlug mit der Faust gegen die Tür, ohne sich die Mühe zu machen, anzuklopfen. James' Herz raste, während er wartete, und die Stille der Straße übertönte das Donnern in seiner Brust mit ihrem dumpfen Rauschen. Nach einer gefühlten Ewigkeit öffnete ein

Mann, der wie ein Butler aussah, aber er wirkte viel zu arrogant, mit einer krummen Nase und käferschwarzen Augen, die James anstarrten.

»Ja?«

»Ich bin hier ... für das Gelage.« James betete, dass er dem Unsinn, in den diese Männer verwickelt waren, nahe kam. Der Butler musterte ihn einen Moment lang. James stand schweigend da und betete im Stillen, dass der Butler nicht merken würde, dass er kein echtes Mitglied des Clubs war.

»Ah, Sie müssen der Herr der Untoten sein. Sie sind spät dran. Die anderen sitzen beim Festmahl. Die Damen sind eingetroffen, und Sie wollen doch die Feierlichkeiten nicht verpassen.«

Herr der Untoten? James wusste nicht, ob er bei diesem Titel lachen oder erschaudern sollte.

»Sehr gut«, murmelte James und betrat das Haus. Der Butler beobachtete ihn aufmerksam, und er wartete darauf, dass der Mann anzeigte, wohin er gehen sollte.

»Stehen Sie da nicht rum!«, bellte er. »Zeigen Sie mir das Zimmer.«

Die harschen Worte ließen die Arroganz des Mannes schwinden. Er riss sich zusammen und bedeutete James, ihm in den Flur zu folgen.

»Verzeihen Sie, Mylord. Ich nahm an, dass Sie den Weg kennen.«

»Das letzte Mal, als ich hier war, war ich betrunken. Wie sollte ich mich erinnern?« Es war immer eine gute

Ausrede, nicht zu wissen, was bei einer früheren Verabredung geschehen war, weil man zu tief in den Becher geschaut hatte. Und unerschütterliches Selbstbewusstsein verhinderte unerwünschte Fragen.

Das Gesicht des Butlers war noch immer gerötet, als er die Tür zu dem entsprechenden Raum öffnete. Es gab einen großen Tisch, an dem ein Dutzend Männer saßen und tranken. Mindestens sechs oder sieben leere Weinflaschen waren umgekippt. Die Kerzen waren heruntergebrannt, und die Schatten spielten an den Wänden und auf den Gesichtern der maskierten Männer, während sie tranken und sich unterhielten. Der Tisch war für das Abendessen gedeckt, aber es war noch nichts serviert worden.

James' Eintreten blieb unbemerkt, und er glitt vorsichtig an der Seite des Raumes entlang und mischte sich unter die Gruppe von Männern. Er stahl einen leeren Becher vom Tisch und füllte ihn mit Wein, wobei er einen Schluck vortäuschte, während einige Männer inmitten einer unzüchtigen Geschichte lachten.

»Ich sagte ihr also, sie solle meine Stange polieren, und sie sagte: *Welche Stange?* Also zeigte ich es ihr, und so wahr ich hier sitze, sie wurde ohnmächtig!« Die Männer brachen in Gelächter aus. Jemand klopfte James auf die Schulter, woraufhin er lächelte und in einer subtilen Warnung die Zähne fletschte. Aber niemand schien zu bemerken, dass er nicht zu ihnen gehörte. Die Halbmasken, die die Männer trugen, boten eine gute Tarnung, wofür er dankbar war. Das Letzte, was er brauchte, war, mit diesen Mistkerlen in Verbindung gebracht zu werden. Das alles war für sie ein erbärmlicher Vorwand, um ihre dunklen Seiten zu erkunden, auf die Gefahr hin, die Unschuld zu zerstören.

»Meine Herren!« Die dröhnende Stimme eines Mannes ließ die Geschichten und das Gelächter verstummen. Alle, auch James, drehten sich zu dem Mann um, der am Kopfende des langen Esstisches aufgestanden war. Das Feuer in dem weißen Marmorkamin hinter ihm knisterte und knackte, und das Licht der Flammen zeichnete eine unheimliche Silhouette des Redners.

»Heute Abend haben wir ein Festmahl vorbereitet. Wie ich bereits bei unserem letzten Treffen erwähnt habe, haben wir einige *besondere* Gäste, einige Damen, die Ihnen gut bekannt sind. Sie wollen wieder einmal an den dunklen Künsten teilhaben, und wir haben zwei köstliche junge, jungfräuliche Schönheiten, die sich gnädigerweise bereit erklärt haben, unser Bedürfnis nach dem Blut der Unschuldigen zu stillen.«

Es gab böses Gekicher, Gelächter und gemurmelte Witze über das Stehlen von Jungfräulichkeit. James ballte die Fäuste. Wenn er die Kontrolle verlieren würde, könnte er durchaus jemanden erwürgen. Über die Unschuld einer Frau gab es nichts zu lachen, und er war sich sicher, dass diese Schönheiten nicht wussten, dass sie gleich in die Höhle des Löwen geworfen würden.

»Sind Sie bereit?«, fragte der Mann am Kopfende des Tisches. Die Herren im Saal brachen in lautes, unerträgliches Jubeln und Pfeifen aus. Die Tür zum Speisesaal öffnete sich, und sechs Damen betraten den Raum. Ihnen folgte ein Mann, der die Türen hinter ihnen verriegelte und alle einschloss. Die Damen wurden zu den verbleibenden leeren Stühlen am Tisch begleitet.

»Meine Freunde, als der Herr der Lust möchte ich euch unsere Gäste vorstellen.« Der sogenannte *Herr der Lust* begann, jeder Dame einen Namen zu geben. James betrachtete die drallen und schönen Damen unter ihren Halbmasken, von denen jede kokett lächelte, als ihr Name aufgerufen wurde. Die Herrin der Sünde, die Herrin der Nacht, die Herrin der dunklen Begierde ... und so weiter. Aber der Herr der Lust hielt inne, als er bei den letzten beiden ankam.

Eine Frau trug ein rotes und eine andere ein violettes Kleid, und trotz der Masken, die sie trugen, schienen beide nicht sonderlich erfreut darüber zu sein, bei dem Fest dabei zu sein. Ihre Gesichter, was davon zu sehen war, wirkten angespannt. Tatsächlich sahen beide sogar ziemlich verängstigt aus, so wie ihre Hände zu Fäusten geballt und ihre Gesichter unter den Masken blass waren.

James erkannte das violette Kleid mit einer Welle des Schreckens. Es war dasselbe Kleid, das er Gillian an diesem Tag im Laden hatte kaufen sehen. Das Bild von ihr in der Umkleidekabine in dem Kleid, in dem er sie gesehen hatte, verfolgte ihn immer noch auf eine bitter-süße Weise. Er konnte nicht vergessen, wie verletzlich ihre grauen Augen ausgesehen und wie sich ihre Lippen geöffnet hatten, als sie merkte, dass er sie nur teilweise bekleidet anstarrte.

Seine schlimmste Befürchtung war wahr geworden. Gillian Beaumont - *seine* schöne, geheimnisvolle Gillian - saß an einem Tisch mit der schlimmsten Sorte Männer um sie herum, Männer, die sie zum Sex zwingen wollten.

Nur über meine Leiche, schwor er.

»Und zu guter Letzt haben wir einen hochge-schätzten Gast unter uns. Erinnern Sie sich an die bissige, giftige Feder dieser Schlampen-Königin, die sich Lady Society nennt?«, spuckte der Herr der Lust aus. Die Männer um ihn herum brummten, und einige schlugen mit den Fäusten auf den Tisch. Gillian und die andere Dame zuckten sichtlich zusammen.

»Heute Abend habe ich die perfekte Falle gestellt und Lady Society selbst an meine Tür gelockt. Ich habe neulich auf einem Ball verraten, dass wir uns heute Abend treffen werden und dass sie unsere Unter-haltung nicht verpassen möchte.« Der Herr der Lust schlich langsam durch den Raum zu der Frau in dem roten Kleid und der Frau in dem lila Kleid. »Aber welche ist die Lady Society, frage ich mich?«, überlegte er laut. »Ich nehme an, das spielt keine Rolle. Wir werden das Vergnügen haben, Sie beide zu haben.« Er schnippte mit den Fingern, und die Männer auf beiden

Seiten der Damen packten plötzlich ihre Arme, zerrten sie hinter die Stühle und wickelten Seile um ihre Handgelenke.

»Wie können Sie es wagen, Mr. Langley!«, rief die Frau im roten Kleid mit einem heftigen Knirschen ihrer weißen Zähne aus, wie ein Dachs, der zum Angriff übergeht. »Ich werde mehr tun, als einen verdammten Artikel zu schreiben, der Sie zerstört. Ich werde Ihre Eier auf einem Silbertablett servieren!« Wo hatte er diese Stimme schon einmal gehört?

Bei Gott! Der kleine Hitzkopf war die jüngere Schwester von Viscount Sheridan, Audrey. Was hatte *sie* hier zu suchen? Er warf einen Blick auf Gillian, die sich auf die Lippe biss und ruckartig an den Fesseln zerrte, um sich zu befreien.

»Wie kann ich es wagen? Meine liebe Lady«, knurrte der Herr der Lust, »Sie sind aus freien Stücken hierher gekommen. Niemand hat Sie hierher gezwungen. Ich wage zu behaupten, dass es nur wenige gibt, die Sympathie für eine Frau haben, die *freiwillig* in einen Hell Fire Club geht. Ihr Ruf wird wertlos sein, und Ihr Wort wird nicht länger gedruckt werden können. Und das ist nur der Anfang dessen, was ich heute Abend für Sie geplant habe. Sie haben meine Familie zerstört, meinen Namen, einfach alles! Und ich werde Sie dafür vernichten!«

»Du hast nur bekommen, was du verdient hast, du Bastard!« Audrey knurrte mit überraschender Heftigkeit für eine so winzige, weich aussehende kleine Frau.

»Und du hast den Mund einer Hure«, knurrte der Lord. »Ich habe vor, dich wie eine solche zu behandeln.«

Die beiden Frauen starrten entsetzt. James umklammerte die Armlehnen seines Stuhls, bis seine Fingerknöchel weiß wurden. Er musste sich einen Plan ausdenken, der die beiden Damen nicht in Gefahr bringen würde. Er war einer guten Schlägerei nicht abgeneigt, aber er mochte es nicht, wenn die Chancen gegen ihn standen.

»Knebeln Sie sie. Ich wünsche mir Ruhe, während wir unser Festmahl genießen.« Der Herr der Lust schnippte mit den Fingern, und die Männer auf beiden Seiten von Audrey und Gillian stopften den Mädchen Taschentücher in den Mund, um die Drohungen zu übertönen, die Audrey auszustoßen versuchte.

James bemerkte nun, dass Audrey den Lord of Lust Langley genannt hatte. Wainthorpe hatte Recht gehabt - der teuflische Anführer dieser Narrenbande war Gerald Langley. Der üble, abscheuliche Mann, der Ambrose Worthing und seiner geliebten Frau so viel Ärger bereitet hatte. Der verrückte Blick in Langleys Augen machte deutlich, dass er aus dem Gleichgewicht geraten war. Was auch immer James heute Abend tat, um Audrey zu helfen, Gillian würde umso mehr gefährdet sein. Langley würde sie nicht einfach unbehelligt gehen lassen, nicht wenn Audrey und Gillian die Feierlichkeiten des heutigen Abends für den Mann so persönlich gemacht hatten. Er wollte Blut, vielleicht sogar ein Leben, wenn sie ihr Temperament nicht zügeln konnte.

»Nun denn«, sagte Langley lachend. »Ich bin am Verhungern.« Er nahm eine Glocke am Ende des Tisches in die Hand und läutete damit. Einen Moment später traten mehrere Lakaien ein und brachten Tabletts mit dem ersten Gang.

»Mylord, was ist mit ...?« Einer der Männer zeigte auf den einzigen leeren Stuhl am Tisch.

»Oh, richtig.« Langley seufzte gelangweilt und nickte einem der nächststehenden Lakaien zu. »Bring seine Unheiligkeit herein.«

James spannte sich an und fragte sich, welchen neuen Schrecken diese Männer erschaffen würden, aber er lachte fast laut auf, als der Lakai mit einer großen, stattlichen schwarzen Katze zurückkam, das Tier auf den Tisch setzte und ihm einen Teller mit Essen anbot. Der Kater beugte sich vor und musterte mit seinen gelben Augen jede einzelne Person im Raum, bevor er seinen Kopf vorsichtig zu seinem Teller neigte und begann, das Angebot zu verzehren.

»Erfreut, unseren Gast kennenzulernen, Lady Society? Er ist das älteste Mitglied, wissen Sie«, sagte Langley feierlich. »*Uralt,* könnte man sagen.«

Uralt? James legte den Kopf schief, und dann wurde es ihm klar. Seine Unheiligkeit ... Uralt ... Langley und seine verrückte Anhängerschaft glaubten, dass die Katze der Teufel selbst sei? *Guter Gott.* Das war schlimmer, als er befürchtet hatte. Die Männer waren nicht nur hier, um zu trinken, zu kopulieren und Teufelsanbetung vorzutäuschen - sie glaubten daran. Sie waren wirklich verrückt.

James spielte weiter mit und stocherte in dem Essen herum, das ihm gebracht wurde, aber er konnte seine Augen nicht von Gillian lassen. Ihr Gesicht war aschfahl, und sie bewegte sich kaum, bis auf ein winziges Anspannen ihrer entblößten Arme. Sie schien mit ihren Fesseln zu kämpfen, leise und vorsichtig. Bislang schien das niemandem aufzufallen. Sie war ein kluges Geschöpf, sehr klug, und dafür war er dankbar. Sie würde ruhig bleiben, wenn die Dinge kompliziert wurden, was sie mit Sicherheit tun würden. James nahm einen weiteren Schluck Wein aus seinem Kelch und hörte nur halb zu, wie die Männer um ihn herum damit prahlten, wie sie den Abend genießen wollten.

Die Frauen, abgesehen von Audrey und Gillian, waren recht willig und mit den Mitgliedern des Clubs vertraut, so dass James sie nicht auf die Liste der zu rettenden Jungfrauen setzen musste. Er lächelte fast. Früher an diesem Tag, als er versucht hatte, Gillian vor einem Mann zu retten, der sie angegriffen hatte, um einen Brief zu bekommen, in dem sie vor heute Abend gewarnt wurde, hatte sie ihm mit Nachdruck erklärt, dass sie keine Jungfrau sei, die gerettet werden müsse.

Einer der Männer in der Nähe von Langley lenkte seine Aufmerksamkeit von Gillian weg. Er spielte mit seiner Gabel, blickte finster drein und ließ seinen Blick über den Tisch dorthin schweifen, wo die beiden Damen festgehalten wurden. Das Gesicht des Mannes war teilweise hinter einer Maske verborgen, wie sein eigenes, doch sein sandblondes Haar und seine grünen Augen kamen ihm bekannt vor. Der Mann aß und trank nicht wie die anderen, und seine Augen richteten sich immer wieder auf die beiden Frauen. Er sah nicht aus wie ein Mann, der sich an den Damen laben wollte, sondern wie ein ...

James fing den Blick des Mannes auf, und die Augen des anderen bohrten sich in seine. Er sah dort Schock und Erkennen, was er in gleicher Weise erwiderte. Er wusste jetzt, woher er diesen Mann kannte.

In seinem Bekanntenkreis gab es nur eine Person, auf die das Profil des Mannes passte. Jonathan St. Laurent. Der jüngere Halbbruder des berüchtigten Duke of Essex, einer der Freunde von James, war Mitglied in diesem Club? Er hatte den Mann eigentlich gemocht, aber wenn sich herausstellte, dass er an diesen dunklen Taten beteiligt war, würde James ihn erdrosseln.

Als sich das Festmahl dem Ende zuneigte, stand Langley auf, holte ein Paar Würfel aus einer Manteltasche und hielt sie hoch.

»Jeder Mann soll die heiligen Würfel werfen, um zu bestimmen, wer das Vergnügen hat, die Lady im violetten Gewand zu nehmen. Dann werden wir die Würfel für Lady Society werfen. Aber seien Sie versichert, wir haben die ganze Nacht Zeit, und jeder Mann bekommt eine Chance bei *beiden* Damen.«

Audrey zappelte wild in ihrem Stuhl, ihre Schreie wurden durch ihren Knebel gedämpft.

James warf einen Blick auf Jonathan und sah ein Aufblitzen von wütendem Feuer in den Augen des Mannes. Vielleicht hatte er sich geirrt. Vielleicht war St. Laurent aus dem gleichen Grund hier wie er selbst, um zu helfen?

Die Würfel wurden herumgereicht, jeder warf sie und fluchte oder jubelte, je nachdem, wie die Zahlen auf den Tisch fielen. Wenn James die höchste Zahl für Gillian gewinnen könnte, könnte er sie in Sicherheit bringen und dann für Audrey zurückkehren. Wenn er kämpfen müsste, wäre eine Frau leichter zu schützen als zwei.

Als ihm die Würfel gereicht wurden, hielt er den Atem an und erhob sich. Er begegnete Gillians Blick und wünschte sich, sie wüsste, dass er da war, dass sie diesen Horror nicht allein durchstehen musste. Er schleuderte die Würfel die Länge des Tisches hinunter und schloss für einen kurzen Moment die Augen, bis das Geräusch der auf das Holz prallenden Würfel verstummte.

»Zwölf!«, brüllte der Mann. »Bei Gott, du bist ein Glückspilz!« Der Mann neben ihm gab ihm einen kräftigen Klaps auf den Arm.

»Es scheint, wir haben unseren Gewinner.« Langley lächelte ihn an. »Bringen Sie Ihre hübsche Beute in eines der oberen Zimmer. Ich gebe Ihnen eine halbe Stunde Zeit, und dann werden wir sehen, wer der Nächste ist.«

James atmete langsam ein, und in seinem Kopf drehte es sich ein wenig. Wenigstens würde er Gillian von hier wegbringen können. Er lächelte die Männer um ihn herum an und tat so, als würde er die Glückwünsche genießen, während er zu Gillian ging. Der Mann neben ihr löste die Seile, die ihre Handgelenke fesselten, und riss sie aus dem Stuhl. Er gab ihr einen Klaps auf den Hintern, und Gillian schrie auf, ihre grauen Augen blitzten rachsüchtig. James konnte sich kaum zurückhalten, den Mann zu Boden zu werfen.

Ich muss das Spiel weiter spielen.

Wenn sie vermuteten, dass er nicht zu ihnen gehörte, hätten er und Gillian keine Chance. Er packte sie am Oberarm, wirkte kraftvoll, aber sein Griff war sanft.

»Hier entlang, meine Liebe«, knurrte er und ließ ihr ein wenig Zeit.

Hinter ihm ertönte ein lautes Spuckgeräusch, und er hörte Audrey schreien. »Wenn du sie anrührst, werde ich dich töten.« Sie hatte es geschafft, den Knebel aus ihrem Mund zu spucken. Er wünschte, er könnte ihr versichern, dass ihrer Freundin nichts passieren würde, aber es gab keine Möglichkeit. St. Laurent stand auf und bellte sie an.

»Hüte deine Zunge, oder ich werde deinen Mund für etwas Besseres benutzen.« St. Laurent nickte James kurz zu, als wolle er ihn ermutigen, zu gehen, solange er die Gelegenheit dazu hatte. Es schien, als würde auch er die List aufrechterhalten.

Gillian wehrte sich in seinem Griff, aber er bewegte sich schnell und zog sie in den Korridor, bevor er die Tür hinter ihnen zuschlug. Er schaffte nur zwei Schritte, bevor ihn ein zarter Fuß dank des Stiefels aus dem Tritt brachte und er zu Boden stürzte. Gillian sprang in einem wilden Wirbel aus lila Röcken und weißen Petticoats über seinen liegenden Körper und floh den Korridor hinunter.

»Gillian, warte!«, zischte er, während er sich auf die Beine kämpfte. Am Ende des Korridors blieb sie stehen und starrte ihn an. Mit einem Fluch riss James seine Maske herunter und entblößte sein Gesicht.

»Lord Pembroke?«, flüsterte Gillian. »Sie ... Sie gehören zu diesen degenerierten ...«

»Nein!« Er stützte sich mit einer Hand an der Wand ab und starrte sie an, immer noch fürchtend, sie würde vor ihm davonlaufen. »Ich habe gehört, dass Langley hinter Lady Society her ist, und ich habe mich an den Vorfall erinnert, in den Sie heute Nachmittag verwickelt waren. Ich dachte, ich hätte das Puzzle zusammengesetzt, aber Sie sind eben doch nicht Lady Society. Miss Sheridan ist es, nicht wahr?«

Gillian warf ihre Maske auf den Boden und seufzte schwer. Das Geräusch ließ sein Herz schmerzen.

»Ja. Aber das dürfen Sie niemandem sagen.« Sie kam zu ihm zurück und blickte ihn mit flehenden Augen an.

»Ich würde Sie niemals verraten oder etwas, was Sie mir im Vertrauen gesagt haben«, schwor er. »Aber im

Moment ist Ihre Freundin in großer Gefahr, und es besteht die Möglichkeit, dass die Männer heute Abend sie beide erkennen würden. Wir müssen Sie nach draußen bringen. Dann kann ich zu Miss Sheridan zurückkehren. St. Laurent ist mit ihr da drin, aber ich fürchte, die Zahlen sprechen nicht für ihn.«

»St. Laurent? Jonathan ist hier?«

»Das ist er. Und ich habe keinen Zweifel daran, dass Langley und seine Männer ihn mit Freuden töten werden, wenn er ihnen in die Quere kommt. Und das wird er auch. Ich muss Sie jetzt nach draußen bringen ...«

Die plötzliche Explosion einer abgefeuerten Pistole versetzte die Welt ins Chaos. Die Türen des Speisesaals sprangen auf, und mehrere Damen stürmten an ihnen vorbei und stießen Gillian gegen die Wand. James fluchte, als er sah, wie Gillians Kopf gegen die Wand prallte und sie zu Boden stürzte. Er stürmte auf sie zu, doch ein tiefer, gellender Schrei ließ ihn innehalten.

»Halt, oder ich schieße dir eine Kugel in den Rücken!« Auf Langleys Drohung folgte ein Pistolenlauf, der sich zwischen seine Schulterblätter grub.

James atmete langsam aus und starrte Gillian an, die auf die Knie kam und sich eine Hand an den Kopf hielt. Das waren heute zwei Schläge - Schläge, die einen größeren Mann als seine kleine süße Gillian zu Fall gebracht hätten. Hinter sich hörte er das Raufen und Schnaufen von Männern, die im Speisesaal gegeneinander kämpften. St. Laurent schien bereits seine Fäuste zu benutzen. James lächelte fast. Jeder, der sich den geballten Fäusten dieses Mannes gegenübersah, würde nicht lange stehen bleiben. Er hatte mit den Besten trainiert.

»Warte … Ich kenne dich. Und wie kommt der Earl of Pembroke ohne Einladung in meinen kleinen Club?«, forderte Langley.

»Ein schrecklicher Mangel an Wachsamkeit, zum Beispiel.«

Diesmal rammte Langley ihm den Lauf in den Nacken. »Halt die Klappe!«

James hatte nur Sekunden Zeit zu handeln, nur eine Chance, den richtigen Weg einzuschlagen. Er ruckte nach rechts, und der Lauf glitt von seinem Hals, während er sich bückte und drehte, um Langley zu packen. Die Pistole ging los, aber die Kugel blieb in der Decke stecken, so dass um ihn und Langley herum ein Regen aus Gips niederging.

James brüllte, warf Langley zu Boden und riss ihm die Waffe aus der Hand. Langleys Maske fiel während des Kampfes ab, seine wilden Augen funkelten gefährlich.

»Das lasse ich mir nicht gefallen! Du kannst nicht in meinen Club einbrechen …«

James verpasste ihm einen Schlag ins Gesicht, woraufhin der Kopf des Mannes auf den Boden schlug und seine Augen sich verdrehten.

»Ich habe es getan, und ich würde es wieder tun, du Bastard«, murmelte James.

James sah auf und spähte durch die halb geöffnete Esszimmertür. Alles, was er sah, war Audrey, die eine kreischende schwarze Katze umklammerte, und Jonathan, der Schläge in alle Richtungen austeilte. Audrey suchte mit verzweifeltem Gesicht nach ihm.

»Lord Pembroke! Um Himmels willen! Ich bin so froh, Sie zu sehen! Wo ist Gillian?«

Er winkte hastig hinter sich, bevor er sich wieder Gillian zuwandte. Sie saß mit dem Rücken an der Wand, den Kopf in den Händen, Blut tropfte ihr über die Wange, und zu seinem Entsetzen stellte er fest, dass ein Teil der Decke auf sie herabgeregnet war.

»Miss Beaumont ...« Er kniete neben ihr nieder, nahm ihr Gesicht in seine Hände und drehte die verletzte Seite in das Licht der Kerzen in den Wandleuchtern über ihr.

»Mylord ... Mir geht es nicht besonders gut ...«, sagte sie benommen.

»Ich weiß, mein Schatz, ich weiß.« Er zog eine Grimasse, als er sie untersuchte. Sie musste sofort von einem Arzt untersucht werden.

»Warten Sie hier. Miss Sheridan und St. Laurent brauchen Hilfe.« Er ließ sie nur ungern allein hier sitzen, aber Jonathan konnte sich nicht allein gegen all diese Kerle wehren. Sobald er sicher war, dass der andere

Mann zurechtkam, würde er sofort zu Gillian zurückkehren.

»Gehen Sie. Ich schaffe das schon«, versprach sie ihm. James beugte sich vor und drückte ihr einen flüchtigen Kuss auf die Lippen, bevor er sich ins Getümmel im Esszimmer stürzte.

KAPITEL 3

KAPITEL DREI

Alles schien ein wenig verschwommen zu sein. Gillian beobachtete, wie James ins Esszimmer stürmte. Er bewegte sich mit einer überraschenden Schnelligkeit und Leichtigkeit, als sei er es gewohnt, gegen die Schergen eines Hell Fire Clubs zu kämpfen. Früher an diesem Tag hatte er ihr seine süße, unwiderstehliche und allzu verführerische Seite gezeigt, aber jetzt sah sie einen Krieger vor sich.

Sie versuchte, auf ihn zuzugehen, stolperte aber. Ihre Füße fühlten sich unbeholfen an, und sie sah nach unten. Sie blinzelte über den Schmerz in ihrem Kopf hinweg, und mit einem seltsam entfernten Gefühl bemerkte sie, dass das schöne lila Kleid, das sie trug, zerrissen war, und - war das Blut auf ihrem Mieder verschmiert? *Himmel* ...

wessen Blut ist das? Das Geräusch eines Kampfes lenkte ihre Aufmerksamkeit zurück in den Speisesaal, und sie sah auf.

Ihr blieb der Mund offen stehen, als sie sah, wie James einen Mann packte und ihn über den Tisch warf, während er sich zu Jonathan durchkämpfte. Audrey stand in der Ecke des Esszimmers, eine schwarze Katze auf dem Arm und einen Kaminschürhaken in der anderen Hand. Sie stand einem betrunkenen Flegel gegenüber, der auf sie zustolperte. Audrey hielt den Schürhaken in der Hand, wie ein Fechtmeister es im Angesicht eines Gegners tun würde. Sie schlug hart zu und warf den Mann mit einem schnellen Schlag zu Boden. Dann wandte sie sich dem Flur zu, die Katze immer noch unter einem Arm haltend. *Was zum Teufel macht Audrey mit einer Katze und ...*

»Gillian?«, rief Audrey, als sie Gillian auf dem Flur sitzen sah. »Geht es dir gut?«

»J-ja.« Gillian stolperte auf sie zu, und in diesem Moment spürte sie, wie etwas Klebriges an ihrer Wange heruntertropfte. Sie griff nach oben und berührte ihr Gesicht. Ihre Hand kam blutverschmiert zurück. Der Anblick der scharlachroten Flüssigkeit auf ihrer Handfläche ließ sie zusammenzucken. *Sie* war diejenige, die blutete?

Sie blickte rechtzeitig zu ihrer Herrin zurück, um zu sehen, wie Jonathan Audrey und der Katze durch ein offenes Fenster half. Sie verschwanden in der Nacht.

Plötzlich tauchte James auf und hielt sie an der Hand fest.

»Zeit zu gehen. Kannst du laufen?«

»Ich glaube schon«, sagte sie und war froh, dass er sie mitzog, denn es sah so aus, als hätte sie vielleicht doch nicht die Kraft dazu.

»Warum sind sie aus dem Fenster geflogen?«, fragte sie, während sie und James den Korridor entlang eilten. Der Weg, der zurück zum Speisesaal führte, war versperrt, da die Männer schnell hinter ihr und James herkamen, aber bisher waren sie noch nicht entdeckt worden.

»Sie hatten die Chance, auf diese Weise zu entkommen. Es ist besser, wenn wir uns aufteilen, damit wir uns leichter im Schatten verstecken können und weniger auffallen. Ich kenne einen anderen Ausweg. Viele dieser alten Häuser basieren auf denselben Grundrissen -« James hielt am Ende des Flurs inne und stieß die Tür so heftig auf, dass sie gegen die Wand krachte. Sie stolperten in die Küche, wo eine mürrisch aussehende Frau in einer fettigen Schürze sie anstarrte.

»He! Was treibt ihr beide denn hier?«, wollte die Köchin wissen.

James machte sich nicht die Mühe zu antworten, sondern ging einfach auf die Tür am Ende der Küche zu. Gillian folgte, wich Töpfen aus und hustete, als der Dampf ihre Lungen füllte. Sie stürzten nach draußen in eine dunkle Gasse, und James führte sie eilig auf die

Straße, wo er eine Mietkutsche anhielt, die gerade vorbeifuhr. Er rief dem Fahrer eine Adresse zu.

»Und weitere zehn Schilling, wenn Sie uns von dieser verdammten Straße wegbringen«, fügte er hinzu.

»Das kann ich machen!«, sagte der alte Fahrer.

James hob Gillian in die Kutsche und setzte sie sanft auf den dem Fahrer abgewandten Sitz. Der Wagen setzte sich ruckartig in Bewegung, und sie fiel gegen James. Er fing sie auf und verhinderte, dass sie zu Boden stürzte.

»Ich habe dich«, sagte er. Die Worte schienen tief in ihrem Inneren widerzuhallen, mehr noch als der einfache Akt, sie aufzufangen. Der Abend war ein einziges Chaos gewesen, und doch schien es sie zu erden, wenn er sie festhielt. Erst jetzt konnte sie endlich wieder zu Atem kommen.

»Mylord, was hatten Sie dort zu suchen?« Gillian griff nach oben, um ihren schmerzenden Kopf zu berühren.

»Ich habe dich gerettet - nicht dass ich das besonders gut gemacht hätte. Vorsichtig«, sagte er, als er ihre Hand ergriff und sie sanft von ihrer Schläfe wegzog. »Du blutest.«

»Ich brauchte wirklich nicht gerettet zu werden«, erinnerte sie ihn, obwohl sie sich durchaus bewusst war, wie lächerlich das angesichts der Situation, in der sie sich befand, klang.

Dass sie ihrer Herrin in einen Hell Fire Club gefolgt war - und das auch noch in eine Falle -, war nicht gerade einer ihrer besten Momente, und sie verachtete ihre eigene Dummheit. Wenn es etwas gab, worauf sie stolz sein konnte, dann war es, dass sie wusste, wie man verantwortungsvoll und vernünftig ist. Nichts an diesem Abend war vernünftig gewesen. Stattdessen war sie leichtsinnig gewesen und hätte beinahe ihr Leben verloren. Als sie einen Blick in James' Richtung warf, sah sie, dass er sich lieber auf die Lippe biss, als mit ihr zu streiten.

»Sie haben ja Recht«, brummte sie. »Ich war in Schwierigkeiten. Danke, dass Sie mir zu Hilfe gekommen sind.«

Er lächelte warm, und das weckte Erinnerungen an den Tag zuvor, als er sie in der Bibliothek geneckt und wie von Sinnen geküsst hatte. Sie hatte ihn glauben lassen, sie sei keine Zofe, sondern eine richtige Dame. Sie konnte die Wahrheit nicht mehr vor ihm verbergen. Er hatte ihr das Leben gerettet, und sie war ihm ihre Ehrlichkeit schuldig.

»Mylord ...«, begann sie, doch die Kutsche hielt an, und der Kutscher gab die Adresse bekannt. Dies war nicht das Sheridan-Stadthaus. »Wo sind wir?«

James schaute auf seine Stiefel und wurde plötzlich schüchtern. »Ich habe dich zu mir nach Hause gebracht. Es ist schon spät, also wird dich niemand mehr sehen. Ich habe einen Arzt, der wegen meiner Mutter bei mir wohnt, und ich möchte, dass er sich dich sofort ansieht. Sobald er mir versichert hat, dass es dir gut geht, werde ich dich begleiten, wohin du willst.«

Seine Mutter? Sie hatte Mühe, sich daran zu erinnern, was James' Schwester Letty zu ihr gesagt hatte. James' Mutter war nach dem Tod ihres Vaters erkrankt und hatte sich in den letzten zwei Jahren zurückgezogen und war vergesslich geworden. Zu wissen, wie er sich um seine Mutter sorgte, erfüllte Gillian mit tiefem Mitgefühl.

»Ist das akzeptabel? Dich hierherzubringen?« Seine Stimme war sanft, seidig, aber auch ein wenig gefährlich, weil sie ihr Herz zum Flattern brachte. Er war genau die Art von Mann, von der sie geträumt hatte, dass sie sich eines Tages in ihn verlieben würde. Aber das konnte sie nie. Er war ein Adeliger, ein Mitglied des *haute ton*. Sie war die uneheliche Tochter eines Grafen.

Wenn ich zu träumen wagte, würdest du mein sein.

Sie konnte den Blick nicht von ihm abwenden, als sie nickte. Sie sollte nicht zustimmen, in sein Haus zu gehen, aber sie sehnte sich danach, einen Moment lang so zu tun, als ob dieses Leben ihres hätte sein können. Ein Teil ihres Herzens klammerte sich noch immer an törichte Mädchenträume, wollte für eine Nacht glauben, dass sie eine hochgeborene Dame war, die mit ihm gesehen werden konnte, die ihn heiraten konnte, die ein Leben mit ihm führen konnte.

Er kletterte aus der Kutsche und reichte ihr die Hand. Sie wollte das Fahrzeug verlassen, und er fasste sie vorsichtig an der Taille und ließ sie langsam an seinem Körper zu Boden gleiten. Trotz ihres schmerzenden

Kopfes sehnte sie sich danach, dass er sie in diesem Moment küsste. Er umfasste ihr Kinn, sein Blick senkte sich auf ihre Lippen, bevor er sich schüttelte.

»Ich bitte um Entschuldigung. Wir müssen Sie reinbringen und Dr. Wilkes vorstellen.«

Sie kämpfte gegen eine Welle der Enttäuschung an. Wäre es dumm und leichtsinnig, ihm zu sagen, dass seine Küsse ihre Schmerzen ausgelöscht hätten?

Ja, sehr töricht. Du benimmst dich wie Audrey.

James klopfte an die Tür, einen Arm um Gillians Taille geschlungen, als fürchtete er, sie würde jeden Moment zusammenbrechen. Sie klammerte sich gierig an ihn und hasste es, wie sehr sie es mochte, seinen starken Körper so dicht an ihrem zu fühlen. Als die Tür geöffnet wurde, antwortete ein junger, aber müde aussehender Lakai.

»Mylord!« Seine Augen weiteten sich, und er wurde hellwach, als er James vor sich stehen sah.

»Brandon, Dr. Wilkes wird hier sofort benötigt. Wir werden in meinem Schlafgemach sein. Bring uns etwas zu essen und Wein.«

»Natürlich.« Der Junge eilte davon, und James half Gillian hinein.

Er schlang seinen Arm fester um ihre Taille, und sie scheute nicht davor zurück. Es fühlte sich gut an, so gehalten zu werden, seinen starken Arm zu spüren, der ihren Körper stützte, obwohl sie noch etwas benommen war. Er begleitete sie nach oben in sein Schlafgemach und half ihr in einen Sessel, dann holte er eine Decke von einem nahen Sofa und legte sie ihr in den Schoß. Er legte seine Finger sanft unter ihr Kinn und hob ihr Gesicht an, damit er sie betrachten konnte.

»Haben Sie es warm genug?«, fragte er. Mit der Kuppe seines Daumens strich er über ihre Unterlippe. Trotz seiner freundlichen Worte und seiner Zärtlichkeit hatte sie ihn noch nie so sehr als Mann wahrgenommen wie in diesem Moment. Er hatte sie gerettet, sie in Sicherheit gebracht und kümmerte sich nun um sie. Sie war hin- und hergerissen zwischen ihrer Bewunderung für seine Rettung und ihrem Hass auf sich selbst, weil sie diese Rettung gebraucht hatte.

»Mir geht es gut, Mylord, ich versichere Ihnen ...«

Sie zuckten zusammen, als sich die Tür öffnete und der Diener mit einem Tablett und einer Flasche Wein hereinkam. Der junge Mann verließ schüchtern den Raum, nachdem er das Tablett und die Flasche abgestellt hatte.

»Himmel«, sagte sie und errötete. »Was er von mir denken muss, mit Ihnen allein hier drin ...« Sie wusste genau, was die Dienerschaft denken würde, denn sie war eine von ihnen. In den Jahren vor seiner Heirat mit Anne hatte sie mehr als einmal gesehen, wie Audreys Bruder Cedric Frauen allein in sein Zimmer mitnahm.

»Es tut mir leid. Ich werde versuchen, mir eine Ausrede einfallen zu lassen, warum ich Sie hierher gebracht habe. Sie dürfen nicht in einen Skandal verwickelt werden - nicht, dass meine Bediensteten jemals darüber reden würden«, versuchte er sie zu beruhigen.

Gillians Magen flatterte vor Nervosität. Er machte sich Sorgen um sie? Sie war ein Nichts in der Gesellschaft, eine fast unsichtbare Präsenz. Abgesehen von den anderen Bediensteten hatte nur Audrey sie jemals als Mensch und nicht als Zofe gesehen. Nein, wenn jemand Gefahr lief, dass sein Ruf geschädigt wurde, dann war er es. Sie war hier die unerwünschte Person.

»Mylord, ich muss unbedingt mit Ihnen sprechen«, sagte sie leise, denn sie wusste, dass sie ihm die Wahrheit über ihre Lage sagen musste.

»Ich möchte, dass zuerst Dr. Wilkes sich um Sie kümmert. Dann können Sie mir alles sagen, was Sie mir sagen wollen.«

Sie lehnte sich in dem Sessel am Kamin zurück und sah ihm zu, wie er im Raum herumlief. Ohne das Dröhnen in ihrem Kopf hätte sie darüber gelacht, dass er sich so offensichtlich um sie sorgte, obwohl er sich eigentlich keine Sorgen machen sollte. Es würde ihr gut gehen.

»Sie sollten aufpassen, dss Sie keine Straße in den Teppich treten«, sagte sie und ließ schließlich ein Lachen über seine Verärgerung fallen. Der Mann war ein Sorgenmacher. Ihre Belustigung verblasste, als sie erkannte, dass dies wohl daher rührte, dass er so jung Graf geworden war und die Krankheit seiner Mutter und das

Wohlergehen seiner Schwester als seine eigene Verantwortung betrachtete.

»Hmm?«, antwortete er, bevor er begriff, was sie gesagt hatte. Mit einem schiefen Kichern blieb er stehen. »Ja, ich möchte die Teppiche nicht abnutzen.«

Seine Lippen öffneten sich wieder, als wollte er etwas sagen, aber dann ging die Tür auf, und ein freundlich aussehender Herr mittleren Alters trat ein. Er trug Reithosen und ein Hemd, aber keine Weste.

»Ich entschuldige mich, Mylord, für meinen unbekleideten Zustand. Aber Brandon hat mich informiert, dass eine Dame hier in Not ist?«

»Ja. Dr. Wilkes, das ist Miss Gillian Beaumont. Miss Beaumont, das ist Dr. Giles Wilkes.«

»Erfreut, Sie kennenzulernen«, sagte Gillian.

»Und Sie.« Wilkes lächelte, als er sich ihr näherte. »Schauen wir es uns an, ja? Der Kopf, ja?«

James trat neben sie und runzelte die Stirn auf die liebenswerteste Weise, während Dr. Wilkes ihre Augen, ihren Kopf und ihren Nacken untersuchte.

»Ich muss die Wunde säubern und genau sehen, wie tief der Schaden geht. Miss Beaumont, darf ich Sie dazu überreden, sich auf das Bett zu setzen?«

»Natürlich.« Gillian setzte sich auf das Bett und versuchte, stillzuhalten, während Dr. Wilkes mehrere Gegenstände aus seiner schwarzen Medizintasche holte.

Dr. Wilkes nahm sich Zeit, sie zu untersuchen, und

wies James an, einen Kandelaber näher heranzuziehen, damit er die richtige Beleuchtung hatte.

»Darf ich Sie fragen, wie Sie sich verletzt haben, Miss Beaumont?«

»Nun, ich wurde hart gegen eine Wand gestoßen, und ich glaube, ein Teil der Zimmerdecke ist auf mich gefallen.«

Wilkes starrte sie an und dann James. »Wie bitte?«

»Das ist eine lange Geschichte, aber ich habe ihr geholfen, aus einem Hell Fire Club zu entkommen. Die Dinge wurden kompliziert.«

»Ich verstehe.« Dr. Wilkes runzelte die Stirn, als er ihre Verletzungen mit einer Mischung aus Hamamelis reinigte. Gillian zischte, als es brannte, aber James' kräftige Hand ergriff eine ihrer Hände, wie er da neben ihr am Bett stand, was sie etwas beruhigte.

»Sie sollte heute Nacht nicht allein gelassen werden. Die Wunde scheint oberflächlich zu sein, aber sie sollte genau beobachtet werden, falls sie Schmerzen hat. Wenn das der Fall ist, möchte ich sofort geweckt werden.«

»Oh, aber ich kann nicht bleiben«, protestierte Gillian.

»Das können Sie, und das werden Sie.« James drückte erneut ihre Hand. »Wenn Dr. Wilkes sich Sorgen um Sie macht, sollten Sie tun, was er sagt.«

»Aber ... ich habe keine Kleidung, und Miss Sheridan wird sich Sorgen machen, wo ich bin.«

Es war gefährlich, zu bleiben. Sie würde dem Mann,

der sie wie kein anderer in Versuchung geführt hatte, zu nahe sein.

»Ich werde sofort einen Boten zu Miss Sheridan schicken. Ich bin sicher, Letty hat noch ein paar Kleider, die Sie sich ausleihen können.« James ergriff ihr Kinn und drehte Gillians Kopf zu ihm hin. »Bitte, lassen Sie zu, dass ich für Sie sorge.« Ihre Blicke trafen sich, und sie hatte das Gefühl, dass seine Worte nicht nur für heute Abend galten, sondern für viele Nächte, die noch kommen würden.

Er weiß nicht einmal, wer ich bin. Wenn er das täte, wäre er wütend über meine Täuschung.

»Sind Sie damit einverstanden, Miss Beaumont?«, fragte Dr. Wilkes.

Was konnte sie sagen? »Wenn es das ist, was Sie empfehlen, dann ja.«

»Ich bleibe hier und passe auf Sie auf, wenn es Ihnen nichts ausmacht.« James hielt immer noch ihre Hand, und ihr wurde heiß bei dem Gedanken, dass er ihr so nahe sein würde, während sie schlief.

»Das tut es nicht«, sagte sie und konnte ihren Blick nicht von seinen Augen abwenden. Sie waren warm und weich, ein Braunton, der sie an Zimt denken ließ.

»Gut.« James ließ ihre Hand los und ging dann mit dem Arzt hinaus in den Korridor.

Gillian schlang ihre Arme um ihre Taille. Sie wusste, dass das, was sie tat, falsch war. Es war ein Skandal, hier bei ihm zu bleiben. Sie hatte ihm gesagt, er solle sich keine Sorgen um ihren Ruf machen, weil sie befürchtete, dass er versuchen würde, das Ehrenhafte zu tun und ihr einen Heiratsantrag zu machen, und dass er sie dann verachten würde, sobald er die Wahrheit über ihre Situation erfahren würde. Eine Frau in einem Dienstbotenverhältnis lebte und starb mit ihrem Ruf, und auch wenn Audrey ein solcher Skandal vielleicht egal war, so würde er sich doch ausbreiten und das Haus Sheridan in Verruf bringen, was Audrey schaden würde. Gillian hatte das Gefühl, dass Audrey ihre engste Freundin war, auch wenn sie im Grunde nur für sie arbeitete.

Kurze Zeit später öffnete sich die Tür, und James brachte ihr ein junges Dienstmädchen. Die Frau hielt ein Nachthemd und andere notwendige Dinge in ihren Armen.

»Miss Beaumont, das ist Sybil. Sie wird sich um Ihre Bedürfnisse kümmern. Ich gebe Ihnen eine halbe Stunde Zeit, damit sie es sich bequem machen können.« Er hielt an der Tür inne. Der unsichere, fast besorgte Ausdruck auf seinem Gesicht war seltsam charmant, als hätte er Angst, sie allein zu lassen, falls sie ihn brauchen könnte.

»Danke, Mylord. Ich komme ganz sicher zurecht«, versprach sie.

Sybil half ihr, das dunkelviolette Kleid aus- und das Nachthemd anzuziehen. Der teure Stoff war ihr peinlich. Gehörte es Letty, der Schwester von James? Die feine Spitze am Hals und an den Brüsten war zu schön, zu teuer im Vergleich zu dem einfachen Kleid aus selbstgesponnener Baumwolle, das sie sonst immer trug. Es musste seiner Schwester gehören.

»Brauchen Sie noch etwas, Miss?«, fragte Sybil. Sie löste die Nadeln aus Gillians Frisur, die sie vorhin in aller Eile hineingesteckt hatte. Sie musste nach Audrey aus dem Haus eilen und hatte nur Zeit für einen einfachen Knoten gehabt. Viele der Haarnadeln waren im Chaos lose geworden und hatten sich verheddert, aber das Dienstmädchen hatte ein Talent, sie zu lösen.

»Nein, mir geht es gut, danke.« Es war seltsam, auf diese Weise Hilfe zu erhalten. Sie hatte die meiste Zeit ihres Lebens damit verbracht, für sich selbst und Audrey zu sorgen, und zwar auf die gleiche Weise.

»Wenn Sie noch etwas brauchen, benutzen Sie einfach die Klingelschnur am Bett. Wir haben immer einige Bedienstete, die nachts wach bleiben, weil ...« Das Dienstmädchen hielt sich plötzlich den Mund zu. »Ich hätte nicht sprechen sollen, Miss. Es ist nicht meine Aufgabe ...«

»Es ist alles in Ordnung, Sybil. Ich bin sicher, es hat mit Lord Pembrokes Mutter und ihrer Krankheit zu tun.«

Das Dienstmädchen biss sich auf die Lippe und nickte. Gillian bedankte sich noch einmal und zog die Bettdecke und das Bettzeug zurück, bevor sie ins Bett kletterte.

Sie blies die Kerze neben ihrem Kopf aus und kuschelte sich in die weiche Federmatratze. Es war weitaus besser als das schmale Klappbett, auf dem sie auf dem Dachboden des Sheridan-Stadthauses schlief. Ihre Unterkunft zu Hause war besser als die vieler Dienstmädchen, aber nichts konnte sich mit einer guten Matratze wie dieser vergleichen. Sie schloss ihre Augen und lächelte ein wenig.

»Geht es Ihnen besser?«

Sie schreckte auf, als James' Stimme erklang. Mit einem Buch und einem Kerzenständer in der Hand war er leise in den Raum geschlichen.

»Ja.« Sie strich sich das Haar aus dem Gesicht und beobachtete ihn, als er die Schlafzimmertür schloss und zu einem Stuhl am Kamin ging.

»Gut. Ich wollte Sie nicht wecken. Bitte, ruhen Sie sich aus. Ich werde hier sein, wenn Sie etwas brauchen.« Er wedelte mit dem Buch in der Hand, dann ließ er sich auf einem Stuhl am Feuer nieder. Gillian fragte sich, ob seine breiten Schultern jemals müde von der Last wurden, die er trug. Er trug so viel Verantwortung, und sie konnte nicht anders, als traurig darüber zu sein, dass es niemanden gab, der sich um ihn kümmerte.

Sie war immer noch etwas schockiert darüber, dass sie im Haus des Earl of Pembroke schlief und er in ihrem Schlafgemach war. Trotz ihrer Müdigkeit erwachten ihre Nerven zum Leben, und sie wusste, dass sie so schnell nicht einschlafen würde. Sie schlüpfte aus dem Bett, ging zu dem Stuhl neben ihm und ließ sich darauf fallen. Er blickte überrascht auf.

»Ich kann nicht schlafen. Noch nicht. Würden Sie mir vorlesen?«

Er sah auf das Buch in seinen Händen hinunter, und eine Locke seines dunklen Haares fiel ihm über die Augen. Sie konnte ihren Blick nicht von seinem Gesicht abwenden, von der Art, wie das Feuerlicht die eleganten Kanten seines Kiefers und seiner Wangenknochen beschattete. Seine Gesichtszüge waren von der Göttin der Liebe geschaffen worden, um jede vernünftige Frau auf skandalöse Gedanken zu bringen. Gillian erinnerte sich daran, wie weich diese Lippen waren, wie sie sich angefühlt hatten, als sie die ihren neckten, und wie das verruchte Schnalzen seiner Zunge ihr köstliche Schauer über den Rücken jagte.

»Sie möchten, dass ich Ihnen etwas vorlese?« Er hob das Buch an, damit sie den Buchrücken sehen konnte, der mit der Prägung *Lady Gloria and the Earnest Earl* versehen war. »Sind Sie ganz sicher?« Seine Stimme war leise, in seinen Augen lag ein verführerisches Glitzern, aber um seine Mundwinkel zuckte Humor. »Das letzte Mal, als ich Ihnen etwas vorgelesen habe ...« Sein Blick senkte sich auf ihre Lippen, als er innehielt, und dann begegnete er ihren Augen. »Wir haben uns ziemlich verirrt, wenn ich mich recht erinnere, und zwar nicht auf den Seiten.« Sie errötete, als sie merkte, dass er sie irgendwie necken und gleichzeitig ihre Leidenschaft wecken konnte.

»Ich glaube, ich bin bereit, das Risiko einzugehen,

mich wieder zu verirren - in den Seiten, meine ich.« Sie hatte das Gefühl, dieser Mann könnte ihr alles vorlesen und sie würde sich an jedes seiner Worte und jede seiner Silben klammern. Sie biss sich auf die Lippe, um nicht über sich selbst zu lachen.

James schlug das Buch wieder auf und lehnte sich in seinem Stuhl vor.

»Am besten fängt man am Anfang an, denke ich.«

Gillian legte die Beine in ihrem Stuhl hoch und lehnte sich auf den linken Arm, um es sich bequem zu machen. Die Wärme des Feuers und die Hitze zwischen ihr und James erfüllten den Raum und gaben ihr das Gefühl, weich und weiblich zu sein und ihn als Mann auf eine Weise wahrzunehmen, dass ihr aus ganz anderen Gründen schwindelig wurde.

»Es scheint immer so zu sein, dass, wenn eine Dame ein Abenteuer am nötigsten hat, ein solches an ihre Tür klopft. Für Miss Gloria Bellarmy war das Klopfen tatsächlich ein Klopfen an ihrer Tür, in Form eines großen, dunklen Fremden, der Hilfe brauchte.« James fuhr fort, den Schauerroman zu lesen, wobei seine tiefe Stimme die Worte in einem verführerischen Tonfall vortrug und Gillian in eine ruhige Stimmung versetzte.

Sie schloss die Augen und stellte sich die Szenen des Buches vor. Aber nicht Miss Gloria war die Heldin, sondern sie selbst begleitete den geheimnisvollen Mann zu seinem schönen, aber verfallenen Haus an der Küste Cornwalls. Und es war James, der sie im Esszimmer verführte, der sie ins Bett trug und mit einer wilden Intensität mit ihr schlief, die sie eher erregte als erschreckte. Die Träume waren exquisit. Sie wimmerte fast vor Protest, als ihr Körper plötzlich vom Stuhl gehoben wurde und sie in James' Armen erwachte.

»Sie sind eingeschlafen«, flüsterte er heiser. »Ich dachte, ich sollte Sie besser ins Bett bringen.«

»Mich ins Bett bringen?«, murmelte sie, und ihr Körper summte bei dem Gedanken. Gillian sah zu ihm auf und schlang langsam ihre Arme um seinen Hals, als er sie zum Bett trug.

»Ja, Sie sollten sich ausruhen.« Er setzte sie ab, aber als sie ihn nicht losließ, schwebte er weiter über ihr. Ihre Gesichter waren im Kerzenlicht nur Zentimeter voneinander entfernt.

»Gillian.« Seine Stimme war jetzt rauher. Er war am Rande des Abgrunds, und sie konnte es auch spüren. Die unsichtbare Grenze, bei deren Überschreitung sie in Skandal und Sünde stürzen würden, aber war das wirklich wichtig? Der Hunger, den sie nach ihm verspürte, überwog die rationalen Gedanken, an die sie sich zuvor geklammert hatte.

»Wäre es so schlimm ...« Sie beendete den Gedanken nicht, sondern senkte einfach ihren Blick auf seinen verlockenden Mund. *Herr, bitte lass ihn mich küssen.* Sie zitterte in seinen Armen vor der Kraft ihres Hungers nach ihm.

»Es wäre sehr schlimm ... und *sehr gut*.« Er stützte

einen Arm auf der anderen Seite von ihr ab, während er sich noch weiter über das Bett lehnte. »Aber ich habe versprochen, dass ich ein Gentleman sein werde.«

Gillians Körper summte bereits bei dem Gedanken, dass er sie wieder küssen würde. Er hatte etwas an sich, das ihr den gesunden Menschenverstand raubte. Ein Gentleman, der eine wilde Seite hatte, ein Gentleman, der zutiefst liebte und wie verrückt dafür kämpfte, diejenigen zu beschützen, die ihm etwas bedeuteten, darunter auch sie.

Verdammt seien die Konsequenzen. Sie bewegte eine ihrer Hände zu seiner Krawatte, zerrte an dem weißen Halstuch und entwirrte es, bis es locker genug war, um von ihm herunterzugleiten. Sie ließ es auf den Boden fallen. Er warf einen Blick darauf, und als er wieder zu ihr aufsah, verzogen sich seine üppigen Lippen zu einem wunderbar verruchten Grinsen. Funken schossen durch ihren Körper, als sie nach den Knöpfen seiner Weste fasste, während er gleichzeitig nach ihrem Nachthemd an der Taille griff. Sie lachten beide leise, und ihre Gesichter berührten sich, während sie sich beeilten, die Kleidung des anderen zu entfernen. Es war, als wäre Gillians natürliches Selbstbewusstsein in der Nacht verschwunden, und alles, was übrig blieb, war ein Geschöpf, das berühren wollte, schmecken und riechen wollte, als sie jeden Teil von James' Körper mit ihren Händen und ihrem Mund erforschte, während sie ihn entkleidete.

Als er sich ausgezogen hatte, zog er ihr das Nachthemd über den Kopf. Sie hatte keine Zeit, um schüchtern zu sein. Er kroch über sie und küsste sie wie von Sinnen.

»Öffne dich für mich, Liebes«, flüsterte er gegen ihre Lippen. Sie öffnete den Mund, aber er klopfte ihr sanft auf die Knie, und sie verkrampfte sich.

»Ganz ruhig«, sagte er lachend. »Wir gehen es langsam an.« James streichelte ihre Wange, und sie umklammerte seine Schultern, als sie sich ihm langsam öffnete. Das schwere Gewicht seines Körpers war willkommen; es gab ihr das Gefühl, geerdet zu sein wie ein uralter Baum in einem wilden, vergessenen Garten, der tiefe Wurzeln bis zum Mittelpunkt der Erde selbst schlug. So sehr fühlte sie sich mit ihm verbunden.

Sie schienen sich stundenlang zu küssen, die sanft drängenden Lippen, die suchenden Hände und gleitenden Glieder, während sie einander erforschten. Sie hatte noch nie zuvor ein so langsam wachsendes Bedürfnis in sich gespürt, eine Gier, die außerhalb von ihr zu existieren schien, während sie etwas Größeres suchte.

»Ist das immer so?«, fragte sie gegen seine Lippen.

»Immer wie?«, antwortete er in heiserem Tonfall.

Sie strich ihm mit den Fingern durch das Haar im Nacken, und er erschauderte. »Als ob ... als ob ich überall brenne, als ob ich dich auf eine Weise brauche, die ich kaum verstehe.« Sie wäre über ihre eigene Offenheit rot geworden, aber in diesem Moment war es ihr egal.

»Nein, es ist nicht immer so. Mir geht es genauso«, gab er zu, und ein jungenhaftes Lächeln auf seinem Gesicht machte sie sprachlos. Wortlos küsste Gillian sein Kinn, seine Kehle und grub ihre Nägel in seine Schultern, während er langsam in sie eindrang. Die Enge, der Hauch von Schmerz blitzte in ihren Tiefen wie eine Sternschnuppe auf und verblasste dann in einem Gefühl der Fülle. Er vervollständigte sie in diesem Moment, machte sie auf eine Weise ganz, wie sie es sich nie hätte vorstellen können. Das war der Grund, warum sich Frauen verliebten, der Grund, warum Schurken so gefährlich waren. James war kein Wüstling. Er war ein Gentleman, genau wie er es versprochen hatte. Aber er war ein Gentleman, der es verstand, seinen Körper auf wunderbar verruchte Weise einzusetzen.

»Beweg dich mit mir«, ermutigte er sie zwischen zwei Küssen. Gillian hob ihre Hüften, während er seine senkte, und das Gefühl der Fülle nahm zu, bis sie fast keine Luft mehr bekam. Dann zog er sich zurück, und sie packte ihn fester und drängte ihn, wieder hineinzustoßen. Sie stießen gleichzeitig ein leises Stöhnen aus, als ihre Hüften immer wieder zusammenkamen.

»Du fühlst dich himmlisch an«, knurrte er. »Verdammt himmlisch.«

»Du auch.« Gillian keuchte auf, als er wieder in sie

eindrang, und eine Welle der Lust überrollte sie plötzlich und auf beängstigende Weise.

Sie atmete ein und schrie auf. Eine Sekunde später bedeckte James ihren Mund mit seinem, um ihre Schreie zu unterdrücken. Dann stieß er erneut in sie hinein, vergrub sein Gesicht in ihrem Nacken und küsste sie sanft, während er auf ihr zusammensackte. Einen Moment lang befürchtete sie, keine Luft mehr zu bekommen, aber er hob seinen Körper an und rollte sich auf die Seite. Gillians nackter Körper begann auszukühlen, und für eine Sekunde drohten Vernunft und Logik sie wegzufegen, aber James hob die Decke über sie, zog sie in seine Arme und küsste ihre Ohrmuschel.

»Schlaf. Ich bin hier, um über dich zu wachen.« Sein Versprechen folgte ihr in die Dunkelheit, als der Schlaf sie schließlich einholte.

JAMES HIELT GILLIAN IN SEINEN ARMEN UND SAH ZU, wie die Kerzen langsam herunterbrannten. Es war leichtsinnig von ihm gewesen, sie so zu benutzen, und doch bereute er es keinen Augenblick. Sie war die Frau, mit der er den Rest seines Lebens verbringen wollte, aber er wusste, dass es ihm schwer fallen würde, sie zu überzeugen, ihn zu heiraten. In ihren Augen lagen Geheimnisse und auf ihren Lippen Trauer, und er wünschte, er wüsste, was sie mit Angst und Zögern erfüllte. Sein ganzes

Leben lang hatte er sich von anderen Menschen distanziert gefühlt. Es war schwer, in der Gesellschaft eine junge Frau zu finden, die einen Mann heiraten wollte, der seine Mutter in ihrer Nähe behalten wollte, eine Mutter, die an einer früh einsetzenden Geisteskrankheit litt. Viele junge Frauen, die er getroffen hatte, hatten erwähnt, dass sie sich wünschten, seine Mutter würde sich aufs Land zurückziehen, aus den Augen, aus dem Sinn, aber das konnte James nicht tun. Gillian schien ihn zu verstehen und hatte so viel Mitgefühl wie keine andere Frau, der er je begegnet war. Sie war die Art von Frau, die er heiraten könnte.

Er strich ihr eine verirrte Haarsträhne aus dem Gesicht, und sie schmiegte sich enger an ihn. Der leichte Blumenduft, der ihrem Haar anhaftete, erinnerte ihn an die vergangenen Sommer, als er noch ein Junge auf dem Land gewesen war. Sein Vater war noch am Leben und seine Mutter wohlauf gewesen. Er und Letty hatten sich unter den riesigen Vordächern der Pavillonzelte, in denen sich Freunde aus den umliegenden Dörfern und Landgütern versammelt hatten, um die Teetische herumgetrieben.

Sommertage voller warmem Sonnenlicht. So fühlte es sich an, diese Frau in seinen Armen zu halten. Sie war eine seltsame und wunderbare Magie, von der er nicht glauben konnte, dass es ihm gelungen war, sie einzufangen. Als seine Mutter erkrankt war und ihre Fähigkeit verloren hatte, Gesprächen zu folgen und sich an Details der Gegenwart zu erinnern, hatte er versprochen, einen Weg zu finden, sie wieder gesund zu machen. Seine Mutter hatte seine Hände in den ihren gehalten, das vorzeitige Grau an ihren Schläfen verlieh ihr eine melancholische Eleganz, während sie traurig lächelte und zu ihm sprach.

»Versprich mir, James, dass du nach den Stürmen, die das Leben dir beschert, einen Weg finden wirst, die Regenbögen zu nutzen. Dein Vater war mein Regenbogen, gefangen in einem Glas. Du sollst dir keine Sorgen um mich machen. Jage dein eigenes wundersames Geheimnis bis zu seinem bunten Ende und fange es ein, bevor es zu spät ist.«

Er hatte sie nicht ganz verstanden; ein sechzehnjähriger Junge will selten über die Philosophien des Lebens nachdenken. Aber jetzt fragte er sich, ob Gillian vielleicht sein Regenbogen im Glas sein könnte. Aber wie könnte er sie einfangen und behalten?

»Ich möchte, dass du zu mir gehörst«, murmelte er gegen ihre Stirn, bevor er ihr einen sanften, lang anhaltenden Kuss aufdrückte. Am nächsten Morgen würde er beginnen, seinen Regenbogen bis zu seinem wundersamen und geheimnisvollen Ende zu jagen.

KAPITEL VIER

Gillian schreckte auf, als sich etwas neben ihr bewegte. Sie erstarrte, als sie merkte, dass ein Mann in ihrem Bett lag. Nicht nur irgendein Mann. Der große nackte Körper des Earl of Pembroke lag neben ihr, sein Arm lag um ihre Taille, seine Finger krümmten sich auf ihrer Haut. Seine langen Beine waren mit ihren verschränkt. Ein schwacher Schauer rieselte über ihren nackten Oberkörper, wo die Decken bis zu den Hüften herabgerutscht waren. Sie blinzelte schläfrig und stellte mit einiger Verwirrung fest, dass sie nicht einmal in ihrem eigenen Bett lag.

Was zum Teufel ist hier los?

Sie berührte ihren Kopf, um ihr Haar zurückzustreichen, und zuckte zusammen, als ein scharfer Schmerz an ihrer rechten Schläfe aufblühte. Ein wildes Durcheinander von Erinnerungen an die letzte Nacht kam in ihr hoch. Die Gefahren des Hell Fire Clubs, der Kampf, dann der Wahnsinn ihrer Flucht und ... die Intimität, die sie mit James geteilt hatte, genau hier in diesem Bett. Sie hatte sich ihm geöffnet, ihren Körper mit ihm geteilt und er mit ihr.

Sie hatte mit James geschlafen. Nein, Lord Pembroke. Er könnte niemals James sein. Sie war eine Dienerin, und er war ein Lord. Er musste in seiner Position gehalten werden und sie in ihrer.

Ich habe einen schrecklichen Fehler gemacht.

Dennoch konnte Gillian nicht leugnen, wie wunderbar sie sich fühlte. Ihr Körper war auf eine Weise gesättigt, wie sie es sich nie hätte vorstellen können, und als sie versuchte, sich aus James' Umarmung zu befreien, protestierte ihr Körper und wollte stattdessen mit ihm in das warme Bett zurücksinken. Sie zwang sich, sich zu bewegen, hob seinen Arm von ihrer Taille und legte ihn an seiner Seite ab. Er murmelte etwas Leises im Schlaf und rollte sich auf den Bauch, weg von ihr. Ein Seufzer der Erleichterung entrang sich ihr, als sie aus dem Bett schlüpfte.

Es dauerte ein paar Minuten, bis sie ihre Sachen zusammen hatte. Ihr Kittel war zerknittert und noch immer mit Blutstropfen und weißem Gipsstaub bedeckt, den sie nach Kräften abschüttelte.

»Gott, was für ein Durcheinander«, murmelte sie und

erstarrte, als James sich im Bett bewegte und sein Kissen umdrehte, bevor er sich wieder eingrub.

Sobald sie angezogen war, zog sie die Vorhänge am Fenster zurück. Die Morgendämmerung war nur ein schwacher rosafarbener Streifen auf den Bäumen und Häusern in den Londoner Straßen. Sie glaubte, genug Zeit zu haben, um eine Kutsche zu finden und nach Hause zu kommen, bevor das Haus der Sheridans erwachte und sie dort nicht vorgefunden wurde. Sean Hartley, ihrem Freund und ebenfalls Diener, mitzuteilen, was geschehen war, war die eine Sache, aber sie wollte nicht, dass der Rest des Personals von ihrem schweren Fehler erfuhr.

Sie biss sich auf die Lippen, schlüpfte in ihre Stiefel und schnürte sie zu, dann schlich sie zur Tür und schob sie auf. Sie schlüpfte in den Flur und sah sich nach Bediensteten um, fand aber niemanden. Gillian wusste, dass sie jeden Moment aufstehen würden. Die Köchin unten in der Küche würde sich die Schürze um die Hüfte binden und das Brot vom Vorabend überprüfen. Lakaien würden damit beginnen, Lampen anzuzünden, und Dienstmädchen öffneten bald die Vorhänge und bereiteten Frühstückstabletts für James und seine Familie vor. Gillian kannte diese Routinen nur zu gut, denn es war ihre Welt, die Welt der geflüsterten Befehle und Glocken, der Teetabletts und der Wäsche. Ihre Welt bestand nicht aus üppigen Betten, feinen Kleidern und glitzernden Bällen. Das war die Welt, zu der James gehörte.

Wenigstens habe ich die Erinnerungen, die mich in den langen, einsamen Jahren, die vor mir liegen, warm halten werden.

Gillian schlich die Treppe hinunter und erreichte die Eingangstür.

»Miss Beaumont?« Die Stimme von Dr. Wilkes ließ sie in ihren Gedanken erstarren. Sie schaute über ihre Schulter und sah den Arzt aus einem Zimmer im Erdgeschoss kommen.

»Oh, guten Morgen, Dr. Wilkes. Wie geht es Ihnen?«

Der Arzt lächelte. »Gut. Und wie geht es Ihnen? Ich würde mir gerne Ihren Kopf ansehen, bevor Sie gehen.«

»Oh, aber ...«

»Bitte«, sagte er. »Ich bin Arzt, und es liegt in meiner Natur, mir Sorgen zu machen. Es wird nur einen Moment dauern. Ich war gerade dabei, die Gräfin mit ihrer Morgenmedizin zu versorgen. Sie ist im Salon. Wenn Sie nichts dagegen haben, behalte ich sie lieber im Auge, während wir allein sind.«

»Äh, ja, natürlich.« Gillian folgte ihm in den Salon. Eine ältere Frau saß auf einem Stuhl vor dem Fenster mit Blick auf einen schönen Garten. Das violette Morgenlicht spiegelt sich in den hellen Farben der Glyzinien wider, die an den Mauern um die Fenster herum emporwuchsen. Die Hand der Frau lag auf dem Glas, als ob sie sich danach sehnte, die bunten Blüten draußen zu berühren.

»Wie geht es ihr?«, fragte Gillian den Arzt.

Dr. Wilkes' Stimme war voller Mitgefühl. »Heute ein wenig distanzierter. Sie hat ihre guten und schlechten Tage.«

Gillians Kehle schnürte sich zu, als sie daran dachte, dass James sich an den schlechten Tagen, an denen sie kaum da war, um seine Mutter kümmern musste.

»Und jetzt lassen Sie mich nach Ihnen sehen.« Dr. Wilkes brachte sie in die Nähe des Fensters, an dem James' Mutter saß, damit er ihren Kopf untersuchen konnte. »Sieht sauber aus, aber es gibt eine kleine Schwellung. Es wird wahrscheinlich einen Bluterguss geben. Wie geht es Ihnen?«

»Es tut nur ein bisschen weh.«

»Irgendwelche Trübungen oder verschwommene Gedanken?«

»Nein.« Ihre Gedanken waren zerstreut, aber das hatte nichts mit dem Schlag auf den Kopf zu tun, sondern mit dem Mann, der mit ihr geschlafen hatte.

»Hallo«, sagte eine sanfte weibliche Stimme, und Gillian verkrampfte sich, bis sie erkannte, dass es James' Mutter war. Sie beobachtete Gillian mit neugierigen braunen Augen.

»Hallo«, antwortete Gillian und sah zu Dr. Wilkes, der ihr ein ermutigendes Lächeln schenkte.

»Abigail, das ist Miss Gillian Beaumont. Sie ist eine Freundin von James.«

»Oh?« Das Gesicht der Frau erhellte sich mit einem Lächeln. »Du kennst meinen James?«

»Ja.« Gillian versuchte, die Hitze zu ignorieren, die ihr ins Gesicht stieg.

»Er ist so ein guter Junge, der seinem Vater immer folgt. Er ist meinem Henry so ähnlich.«

Gillians Lächeln verspannte sich, als sie merkte, dass seine Mutter an die Vergangenheit dachte, als wäre sie die Gegenwart. Gillian sammelte sich schnell und passte sich an.

»Wie ist Henry so?«, fragte sie die ältere Frau.

»Henry?« Sie lächelte verträumt. »Er ist ein perfekter Gentleman. Ich habe ihn geheiratet, als ich erst siebzehn Jahre alt war. Er war vierundzwanzig und sah sehr gut aus. Alle meine Freundinnen waren furchtbar neidisch. Dass er der zukünftige Earl of Pembroke war, war mir allerdings egal. Für mich war er einfach Henry. Ich war nur die Tochter eines Stallmeisters, weißt du. Ich hätte nie gedacht, dass er mich überhaupt bemerken würde, aber ich war eine wunderbare Tänzerin. Die besten Männer tanzen genauso gern wie wir Frauen.«

Gillian setzte sich auf einen Stuhl neben der Grafenwitwe. »Oh?«

»Ja. Damals hatte ich kleine, schnelle Füße.« Sie kicherte. »Henry kam in jenem Jahr aus London, und wir tanzten auf dem Weihnachtsball seines Vaters. Er erzählte mir Jahre später, dass er es nie bereut hat, an diesem Abend nur mit mir getanzt zu haben, obwohl seine Eltern ziemlich empört waren.«

Gillian erhaschte einen Blick auf die hübsche junge Frau, die James' Mutter einmal gewesen war. Das machte ihre Krankheit nur noch herzzerreißender. Sie schien eine wunderbare Frau zu sein, und zu wissen, dass die Person, die sie einmal gewesen sein musste, langsam verblasste, brach Gillian das Herz.

»Ist James ein guter Tänzer?«, fragte Gillian.

»James?«, fragte Lady Pembroke und zog verwirrt die Brauen zusammen.

»Ja, Ihr Sohn.«

»Aber ich habe keinen Sohn. Ich bin erst seit einem Jahr verheiratet.« Die ältere Frau sah sie nun stirnrunzelnd an, ihre Hände zerrten wild an ihrem Schal im Schoß und fransten die Stoffenden aus. »Aber James ist ein schöner Name ...«

»Lady Pembroke, lassen Sie mich Ihnen einen Tee servieren.« Dr. Wilkes war im Nu zur Stelle, beruhigte sie und drückte ihr eine Tasse Tee in die Hand.

»Ich sollte jetzt gehen«, sagte Gillian. »Es tut mir leid, dass ich sie verstört habe.«

Dr. Wilkes schüttelte den Kopf. »Unsinn. Das haben Sie sehr gut gemacht. Es gibt nicht viele junge Frauen, die die Situation so gemeistert hätten wie Sie gerade.«

»Gemeistert? Sie braucht Mitgefühl«, sagte Gillian,

die erstaunt war, dass sich jemand über die ältere Frau aufregen sollte.

Dr. Wilkes nickte. »Das tut sie, aber die meisten Frauen in Ihrem Alter wissen nicht, wie sie mit der Pflege von jemandem in Lady Pembrokes Zustand umgehen sollen. Für die meisten Menschen erinnert es sie viel zu sehr an ihre eigene Sterblichkeit, und es ist nicht leicht, sich dem zu stellen.«

»Oh, das ist ... das ist ja furchtbar. Sie ist wirklich sehr süß.«

»Ja, nicht wahr?« Der Arzt tätschelte Lady Pembroke die Schultern, während die Frau ihren Tee trank und auf die Gärten hinausblickte. Gillian hoffte inständig, dass Lady Pembroke irgendwo tief in ihrem Innern Erinnerungen hatte, in die sie sich immer wieder zurückversetzen konnte, und sei es auch nur für kurze Momente in ihrem eigenen Kopf.

»Vielen Dank, Dr. Wilkes, dass Sie sich gestern Abend um mich gekümmert haben.«

»Natürlich. Das habe ich gerne getan. Weiß seine Lordschaft, dass Sie abreisen werden? Ich dachte, Sie beide würden in Kürze mit Miss Fordyce und mir frühstücken.«

»Nein!« Gillian keuchte, dann beruhigte sie sich. »Ich meine, nein, er schlief noch. Ich wollte ihn nicht stören, und in Anbetracht des skandalösen Charakters meiner Ankunft bin ich mir nicht sicher, ob ich Miss Fordyce beim Frühstück gegenübertreten kann.« Letty, James'

Schwester, war wunderbar, aber sie beschützte auch ihren älteren Bruder und hatte deutlich gemacht, dass sie nicht wollte, dass Frauen mit bösen Absichten das Herz ihres Bruders brachen. Diese Gefühle waren verständlich und sehr edel. James verdiente eine Frau, der nicht nur er selbst, sondern auch seine ganze Familie wichtig sein würde. In einem anderen Leben hätte Gillian alles dafür gegeben, diese Person zu sein, aber James konnte nicht die uneheliche Tochter eines Grafen heiraten, zumindest nicht eine, die als Dienerin arbeitete.

»Guten Tag, Dr. Wilkes.« Sie küsste den Arzt auf die Wange und war dankbar für alles, was er getan hatte. Der Mann errötete und verabschiedete sich von ihr, bevor er an die Seite von Lady Pembroke zurückkehrte.

Als Gillian das Haus verließ, ging die Sonne endlich über den Dächern der anderen Häuser auf und tauchte die Straßen in ein fahles Morgenlicht. Die Kutschen rumpelten bereits über das Kopfsteinpflaster, und bald würden die Menschen zu frühen Spaziergängen aufbrechen. Gillian winkte eine Mietkutsche heran und warf einen letzten Blick zurück auf James' Haus. Dann verabschiedete sie sich ein für alle Mal von ihren Träumen.

SIE WAR FORT. ALS JAMES EIN PAAR STUNDEN NACH Sonnenaufgang aufwachte, traf ihn die Erkenntnis wie ein Messer in der Brust. Die Frau, mit der er die intimste Nacht verbracht hatte, hatte ihn im Stich gelassen. Anstatt dass James wie ein herzloser Schurke davonlief, war sie diejenige, die geflohen war. Es war, als ob die Welt für ihn auf den Kopf gestellt worden wäre.

James kauerte auf der Bettkante und starrte auf den Boden, wo seine Kleidung in einem zerknitterten Haufen lag. Er war völlig nackt, was nicht ungewöhnlich war, aber zum ersten Mal fühlte er sich entblößt. Er hatte sich noch nie eine Geliebte genommen, hatte vor der letzten Nacht nur mit einer anderen Frau geschlafen, aber verdammt wollte er sein, wenn er nicht das Gefühl hatte, dass er anstelle von Gillian seine Jungfräulichkeit verloren hatte.

»Mylord?« Die Stimme von Dr. Wilkes drang durch die geschlossene Tür.

»Ja, Dr. Wilkes. Geben Sie mir einen Moment.« Er kletterte aus dem Bett und warf sich eilig seine Kleidung über. Als er die Tür öffnete, sah er Dr. Wilkes mit gerunzelter Stirn davor stehen.

»Ich wollte nach Ihnen sehen. Es ist nicht üblich, dass Sie ...« Dr. Wilkes' Blick wanderte zum Bett und zu den Blutflecken, die James in seiner Eile, die Tür zu öffnen, vergessen hatte, abzudecken.

Verdammt, der Mann würde sicher wissen, was passiert war.

Dr. Wilkes räusperte sich. »Miss Beaumont ist gegangen. Als Sie nicht zum Frühstück erschienen sind, habe ich mir Sorgen gemacht.« Dr. Wilkes, der sich wie immer professionell verhielt, erwähnte nicht, was sich seiner Meinung nach gestern Abend ereignet haben dürfte.

»Gibt es noch etwas zu essen?«, fragte er.

»Die Köchin bewahrte ein paar Bücklinge, Heringe und Eier in einigen Wärmeplatten auf der Anrichte auf. Sie sollten noch heiß sein.«

»Danke.« James wusste, dass er sich waschen und frische Kleidung anziehen sollte, aber er hatte Bauchschmerzen. Er hatte nicht viel zu Abend gegessen, bevor er zum Wicked Earls' Club in Coventry gefahren war.

»Wie geht es meiner Mutter heute?«, fragte er, während der Arzt mit ihm Schritt hielt.

»Gut genug. Miss Beaumont hatte die Gelegenheit, Ihre Mutter kennenzulernen, während ich ihre Wunde untersuchte, bevor sie abreiste.«

James erstarrte. Gillian hatte seine Mutter getroffen? Kein Wunder, dass sie aus dem Haus geflohen war. Es war einfacher, mit Worten Mitgefühl zu zeigen als mit Taten. Zweifellos war sie von dem sich verschlechternden Zustand seiner Mutter überwältigt worden und geflohen.

»War Miss Beaumont sehr verunsichert durch meine Mutter?« Er versuchte, die Emotionen aus seiner Stimme herauszuhalten.

»Ganz und gar nicht.« Dr. Wilkes und James gingen die Treppe hinunter und begaben sich in den Salon. »Sie hatte eine angenehme Unterhaltung mit ihr und brachte sie viel mehr zum Reden, als ich es seit Tagen vermochte.«

James' Herz machte einen kleinen Sprung. Es war nicht das, was er zu hören erwartet hatte.

»Wahrhaftig? Sie hat mit Gillian gesprochen?«

Der Arzt sah ihn einen Moment lang an, vielleicht weil er Gillian beim Vornamen genannt hatte, dann antwortete er. »Ja, sie sprach über Ihren Vater und wie sie sich kennengelernt haben. Immer eine charmante Geschichte.« Dr. Wilkes' Augen waren sanft, und es machte James stolz, dass er einen der wenigen Ärzte in London gefunden hatte, der sich nicht allein von der Wissenschaft leiten ließ. Das war der Grund, warum James ihn eingestellt hatte. Er brauchte einen Mann, der ein Herz hatte, um sich um seine Mutter zu kümmern.

»Und Gillian, wie geht es ihr? Ich konnte sie nicht mehr sehen, bevor sie heute Morgen abgereist ist.«

»Es scheint ihr gut zu gehen. Diese Frau hat einen starken, robusten Schädel, Gott sei Dank.«

Als er und Dr. Wilkes das Esszimmer betraten, nahm James sich einen Teller und bediente sich an Bücklingen, Eiern und Kaffee, bevor er sich mit Blick auf den Garten setzte. Dr. Wilkes ging zum Fenster und starrte auf die Aussicht.

»Ruht sich meine Mutter aus?«, fragte James.

»Ja.« Der Arzt wandte sich James zu und runzelte immer noch die Stirn. »Mylord, sie verliert allmählich die Kontrolle über ihre Gliedmaßen und versucht dennoch, ohne die Dienerschaft umherzugehen, die auf sie aufpasst. Ich mache mir Sorgen, dass wir, wenn sie fällt, nicht ...« Die Worte des Mannes verklangen in der Stille des Raumes.

James setzte seine Gabel ab, sein Magen knurrte schmerzhaft. »Was schlagen Sie vor, was wir tun sollen?«

Der schwere Ernst in der Stimme des Arztes erschreckte James. »Wir sollten darüber nachdenken, sie auf das Pembroke-Anwesen zu bringen. Ich weiß, dass Sie in ihrer Nähe bleiben möchten, aber sie muss an einem Ort ohne Treppen leben. Das Herrenhaus hat Zimmer im ersten Stock.«

Dr. Wilkes hatte Recht. Das Anwesen wäre besser für sie, weil es dort weniger Treppen gab, aber das würde bedeuten, dass er sie nicht so oft sehen würde. Ein Großteil der Investitionen seiner Familie hielt ihn in London beschäftigt. Er dachte einen langen Moment darüber nach. Seine Mutter hatte so viele Opfer gebracht, wie alle Mütter es tun, und der Verlust des Vaters war für sie am schwersten gewesen. James wollte das tun, was für sie am besten war. Er verdankte ihr die beste Pflege für ihre unerschütterliche Liebe zu ihm und Letty in all den Jahren, trotz ihrer Krankheit. Seine Kehle schnürte sich zu, als er Dr. Wilkes' Blick begegnete.

»Bitte treffen Sie die notwendigen Vorbereitungen. Ich werde hier alles so einrichten, dass ich mich für den Rest der Saison aufs Land zurückziehen kann.«

Dr. Wilkes zog einen Stuhl heran, setzte sich und räusperte sich.

»Darf ich offen zu Ihnen sein, Mylord?«

»Natürlich. Sie sollen immer ehrlich sein«, versicherte ihm James. Er hatte den Arzt vor fünf Jahren eingestellt, und in dieser Zeit hatte er den Mann als Freund kennen gelernt.

»Ich bewundere den Edelmut Ihres Herzens, dass Sie in ihrer Nähe bleiben wollen, auch wenn ihre Welt in ihrem Kopf immer dunkler wird.« Dr. Wilkes' Stimme wurde rau, und er hielt inne, als ob er einen Moment brauchte, um seine Gefühle unter Kontrolle zu bringen. »Aber Sie riskieren, sich selbst zu verlieren, Mylord. Ihr eigenes Leben ist eingefroren, aber der Rest der Welt bewegt sich ohne Sie weiter. Auch Sie haben ein Leben verdient, ein Leben voller Freude, Ehe und Kinder. Ihre Mutter würde nicht wollen, dass Sie ihr zuliebe auf Ihr eigenes Leben verzichten.« Dr. Wilkes sah weg, als er geendet hatte, sein Gesicht war rot vor Verlegenheit.

Einen Moment lang dachte James über die Worte seines Freundes nach. Es war wahr. Er wollte ein Leben. Er hatte zugelassen, dass seine Ängste um seine Mutter ihn an einem Ort gefangen hielten, an dem er Angst hatte, vorwärts zu gehen. Aber er konnte sie nicht einfach wegschicken, sodass jemand anders sich um sie kümmern würde.

Dr. Wilkes ergriff noch einmal das Wort. »Ich wage zu behaupten, dass der Wechsel der Umgebung ihrem

Zustand sogar irgendwie helfen könnte. Ich versichere Ihnen, dass ich alles tun werde, was erforderlich ist, um ihren Geist aktiv zu halten. Und wenn es die Zeit erlaubt, dann sollten Sie sich zu ihr gesellen. Aber nicht vorher.«

»Ich - Sie mögen recht haben. Ich werde also in London bleiben, aber wenn sie mich für *irgendetwas* braucht, müssen Sie sofort nach mir schicken.«

»Natürlich«, gelobte Dr. Wilkes.

In James' Kopf herrschte die chaotische Panik, seine Mutter wegzuschicken, gemischt mit der Angst, er würde Gillian nie wieder sehen. Dr. Wilkes hatte Recht. Er musste weitergehen, musste sein Glück finden, und das bedeutete, Gillian Beaumont zu finden. Er würde sich zunächst zum Stadthaus von Viscount Sheridan begeben und sie dort aufsuchen. Audrey Sheridan musste wissen, wo Gillian war.

Er verließ das Esszimmer und ging in sein Arbeitszimmer, in dem er die aktuellste Ausgabe von *Debrett's* aufbewahrte. Er blätterte Seite für Seite durch und suchte nach dem Namen Beaumont. Wenn sie Verbindungen zu einem Adelshaus hatte, würde er ihren Namen hier finden. Mit einem kleinen Triumphschrei fand er den Namen Beaumont und runzelte dann die Stirn. Der Graf von Morrey hieß Adam Beaumont, und er hatte eine Schwester, Caroline, genau wie Wainthorpe es ihm gesagt hatte.

Vielleicht war Gillian eine entfernte Cousine? Ohne

Titel und nur entfernt verwandt? Wenn das der Fall wäre, würde sie nicht in *Debrett's* aufgenommen werden. Er klappte das Buch zu und legte es zwischen andere vergoldete Titel zurück, dann machte er sich auf den Weg zu seinen Gemächern. In einigen Stunden würde er Audrey Sheridan einen Besuch abstatten.

Oder vielleicht sollte er sagen, *Lady Society*.

❦

»ICH GLAUBE, SIE SIND VERRÜCKT GEWORDEN«, informierte Gillian ihre Herrin.

Audrey lag auf dem Bauch auf dem Bett und schrieb an ihrer nächsten Kolumne für die *Quizzing Glass Gazette*. Jedes Mal, wenn Audrey die Stirn runzelte und eine Zeile strich, um etwas umzuschreiben, knabberte eine geschmeidige schwarze Katze am Federkiel.

»Hmm?«, murmelte Audrey, die offensichtlich nicht zugehört hatte.

Gillian verdrehte die Augen. Sie faltete das rote Seidenkleid zusammen, das Audrey am Abend zuvor getragen hatte, obwohl es vielleicht nicht mehr zu reparieren war. Es war zerfleddert, und die Nähte waren an einigen Stellen gerissen, was zweifellos darauf zurückzuführen war, dass Audrey das Fenster erklommen hatte.

»Ich sagte, ich glaube, Sie sind verrückt geworden, Mylady.«

Audreys Augen blickten von ihrem Blatt Papier auf, und sie starrte Gillian an.

»Verrückt geworden, weil ich ein Exposé über die unheiligen Sünder der Hölle schreibe, oder verrückt geworden, weil ich Archimedes nach Hause genommen habe?« Sie warf einen Blick auf die hübsche schwarze Katze, die neben ihr auf dem Bett lag.

»Beides, würde ich sagen.« Gillian starrte die schwarze Katze an. Die Unheiligen Sünder hatten behauptet, er sei der Teufel. Gillian war nicht so dumm, solchen Unsinn zu glauben, aber die Katze hatte eine unheimliche Art, sie zu beobachten. Sie konnte seinen Blick spüren, wenn sie sich umdrehte.

»Unsinn. Wir haben fast alle Männer während des Kampfes letzte Nacht enttarnt, und es ist an der Zeit, dass wir den *ton* wissen lassen, wer von ihnen in Wirklichkeit keine Gentlemen sind.«

Gillian grummelte missbilligend. »Und was hält Mittens von Archimedes?«

»Mittens? Am Anfang hat sie ein bisschen geschmollt, aber ich glaube, sie wird sich wieder fangen.« Audrey beäugte den Kater kritisch. »Er ist ein bisschen wie Muff, findest du nicht?«

»Muff sah süß aus«, sagte Gillian und dachte dabei an Mittens' Bruder. Die beiden alten Katzen waren seit ihrer Kindheit im Haushalt. Sie waren im Laufe der Jahre zu einer willkommenen Erscheinung geworden, aber im letzten Herbst hatte jemand Muff als Botschaft getötet, um Audreys Bruder zu verletzen und zu warnen. Nach dem Tod von Muff war Mittens im Haus herumgelaufen und hatte geweint, hoffend, dass er zurückkommen würde. Sie hatte schließlich aufgegeben und sich wieder in ihre alten Gewohnheiten eingelebt, aber sie war nicht mehr dieselbe.

»Archimedes ist süß«, sagte Audrey.

»Das bezweifle ich stark«, antwortete Gillian, während sie Audreys Stiefel aufhob und sie in den Flur stellte. Sean würde sie bald abholen, und sie würden poliert werden.

»Warum haben Sie ihn Archimedes genannt? Ich denke, Luzifer wäre besser geeignet.«

Audrey beugte sich vor und hielt dem Kater die Ohren zu, als ob sie alles, was er hören könnte, dämpfen wollte.

»Nur weil er ein Fest des Teufels geleitet hat, heißt das nicht, dass er ein böser Kater ist. Vielleicht wurde er, wie wir, unter falschen Vorwänden dorthin gelockt.«

Da konnte Gillian nicht anders. Sie lachte. »Unter Vorspiegelung falscher Tatsachen angelockt? Er ist eine Katze. Sie haben ihn wahrscheinlich aus einer Gasse entführt.«

»Blödsinn.« Audrey setzte sich auf und schmiegte die Katze an ihre Brust, wobei sie ihr Gesicht in seinem Pelz vergrub. »Katzen gehen nirgendwo hin, wo sie nicht hinwollen. Während des Kampfes griff er einen der Männer, Lord Augersley, an, bevor ich ihn vom Tisch holte. Aber er hat sich nicht gegen mich gewehrt, nicht wahr?«, fragte Audrey die Katze. Die Katze blinzelte.

»Großer Gott.« Gillian stöhnte und ging zur Tür. Sie hatte keine Lust, Audreys Lobgesang auf eine Teufelskatze zu hören.

Auch ich habe Grenzen, was ich ertragen kann.

»Wollen wir wirklich nicht darüber reden?« Audreys sanfter Ton brachte Gillian zum Schweigen, als sie die Tür erreichte. Ihre Hand ruhte auf dem Messinggriff, und sie atmete langsam ein.

Sie schloss einen Moment die Augen und betete, dass ihre Herrin sie nicht nach James fragen würde. »Worüber?«

»Über gestern Abend. Jonathan hat mich nach Hause gebracht, aber du bist erst heute früh zurückgekommen. Der Bote, der die Nachricht überbrachte, sagte, du seist verletzt worden und James habe dich in sein Stadthaus gebracht.«

Gillian zuckte zusammen, als sie sich an Lord Pembrokes Notiz an das Sheridan-Haus erinnerte.

»Gillian«, sagte Audrey noch sanfter. »Ich weiß, dass du eine *Neigung* für ihn hast. Das ist nichts, wofür man sich schämen muss.«

»Ist es nicht?« Die Worte schmeckten sauer auf ihrer Zunge, als sie Audrey gegenüberstand. »Ich bin jetzt nicht und werde nie für jemanden wie ihn geeignet sein. Ich bin ein *Dienstmädchen*, Mylady. Er ist ein Earl. Ich wäre glücklich, seine Geliebte zu sein.«

»James hat sich nie eine Geliebte genommen. Jedenfalls nicht, dass ich wüsste. Und vergiss nicht, wer ich bin.« Audrey wedelte mit ihrer Feder, als sie von ihrem Bett rutschte und Archimedes von ihrem Geschreibsel wegscheuchte. Gillian schwor, dass sie die Katze beim Lesen des Blattes gesehen hatte. Daher wusste sie auch, wie sehr sie sich den Kopf angeschlagen hatte. Katzen konnten nicht lesen.

»Gilly, wir müssen über dich und James reden.«

»Ob man Mätressen hat oder nicht, spielt keine Rolle. Er und ich könnten niemals ...« Sie schloss ihren Mund und hasste es, dass ihre Augen plötzlich zu tränen begannen.

Audrey kam zu Gillian herüber und umarmte sie sanft. Dann brach Gillian richtig in Tränen aus.

»Wein dch ruhig aus. Ich fühle mich danach immer besser. Männer verstehen einfach nicht die Kraft eines guten Ausweinens.«

Gillian schniefte und stieß ein besorgtes Kichern aus. »Es gibt viel zu viele Dinge, die Männer nicht verstehen.«

»Das ist sicherlich die Wahrheit.« Audrey kicherte und ließ Gillian los, aber ihr Gesicht wurde wieder nüchtern. »Ich möchte dich etwas fragen, und ich möchte eine ehrliche Antwort, auch wenn es dich schmerzt.«

Gillian nickte. Es gab nicht viel, was sie nicht für Audrey tun würde. Ihre Loyalität zueinander war fast wie die von Schwestern.

»Wenn du eine Dame wärst und James ein gewöhnlicher Gentleman und es gäbe kein Problem mit dem Risiko des sozialen Status und solchem Unsinn, würdest du mit ihm zusammen sein wollen?«

Gillian kämpfte gegen die sofortige Verleugnung und das Bedürfnis an, ihre Gefühle und Emotionen zu verbergen. Als uneheliche Tochter eines Adligen hatte sie schon früh gelernt, dass ihre Gefühle und Gedanken nur zu Kummer führen würden. Aber Audrey hatte Ehrlichkeit verlangt, und sie hatte versprochen, sie zu geben.

»Ja.«

Audreys Augen funkelten. »Das ist alles, was ich hören wollte.« Sie drehte sich, ihr rosa Kleid flatterte, als sie sich wieder auf das Bett setzte und nach ihrer Lady Society-Schreiberei griff.

»Sie haben nicht vor, sich einzumischen?« Gillian versuchte, die Frage vorsichtig zu formulieren, aber sie klang dennoch anklagend.

»Einmischen? Um Himmels willen, nein.« Audrey seufzte, als sie ihr Papier noch einmal las. Dann hielt sie inne. »Ich musste einfach wissen, was du denkst, damit ich mit dieser Angelegenheit entsprechend umgehen kann, wenn sie mal zur Sprache kommen sollte. Ich verstehe deine Ängste. Ich sage es nur ungern, aber ein Earl und eine Zofe wären eine ziemlich unmögliche Situation. Aber ich möchte auch nicht, dass Herzen gebrochen werden. Aber Vorsicht ist die Mutter der

Porzellankiste, wie man so schön sagt. Sei versichert, dass ich die Angelegenheit angemessen behandeln werde, sollte sie jemals zur Sprache kommen.«

Gillian traute dieser Aussage nicht im Geringsten. *Einmischung* hätte genauso gut Audreys zweiter Vorname sein können, und nicht Helen, der Name, den ihre Eltern ihr gegeben hatten.

»Warum kann ich das nicht glauben?«, murmelte Gillian leise vor sich hin.

»Du siehst ein bisschen blass aus, Liebes. Warum gehst du nicht in die Küche, ruhst dich ein wenig aus und trinkst einen Tee? Ich werde hier an meinem Artikel arbeiten und dich nicht brauchen.« Audrey sah sie jetzt nicht an, aber Gillian wusste, dass die schnelle Entlassung durch ihre Herrin bedeutete, dass diese etwas vorhatte. Gillian überlegte, ob sie bleiben sollte, um ihre Herrin zu beaufsichtigen, aber schließlich gab sie nach.

»Also gut.« Sie verließ das Schlafzimmer und begegnete Sean im Flur, der gerade die Stiefel aufhob, die sie zum Reinigen rausgestellt hatte.

»Ich hole Tee und ruhe mich ein wenig aus. Hast du was dagegen, ein bisschen auf sie aufzupassen?«

Der stattliche Lakai grinste. »Sie hat wieder ihre alten Tricks drauf, was?«

»Ich fürchte ja. Sie weiß, dass ich sauer auf sie bin, weil sie gestern Abend in diesen schrecklichen Club gegangen ist. Sie sollte nicht gehen, schon gar nicht allein.«

»Ja, sie ist ein leichtsinniges Mädchen.« Seans irischer Akzent milderte seine Kritik stets ab. Die beiden mochten sich sehr, und Gillian wusste, dass er sich Sorgen um Audrey machte. Genauso wie er sich um Gillian sorgte. Sean war der ältere Bruder, den sie nie gehabt hatte.

»Ich hatte gehofft, sie würde sich beruhigen. Sie war vorher so begierig auf Mr. St. Laurent, aber jetzt empfängt sie ihn nicht einmal mehr, wenn er zu Besuch kommt.«

»Das ist wahr«, sagte Sean, »ich glaube, wenn ich sie haben wollen würde, würde ich sie entführen und nach Gretna Green bringen. Nur nichts dem Zufall überlassen. Sie muss diesen Mann heiraten, aber aus irgendeinem Grund hat sie sich jetzt gegen ihn entschieden.«

Gillian seufzte. »Sean, ich fürchte, du liest zu viele Gothic-Romane, wenn du glaubst, dass das die Lösung für die Probleme der Lady ist.« Sie würde viel zu schnell alt und grau werden, wenn sie sich weiterhin so um ihre Herrin sorgen würde. Aber vielleicht hatte Sean ja Recht. Wenn sie sich selbst überlassen wäre, könnte sie sich vorstellen, dass Audrey eine Menge Proteste und Ausreden einfielen, um ihn abzuweisen.

»Holen wir dir einen Tee.« Sean begleitete sie die Treppe hinunter, Audreys zierliche Stiefel unter einen seiner Arme geklemmt, als er die Tür zur Küche öffnete.

Das plötzliche Klopfen an der Eingangstür ließ sie beide erstarren.

»Warte hier, ich werde sehen, wer es ist.« Sean stellte die Stiefel ab und ging zur Tür. Gillian sah das helle Sonnenlicht durch den Flur fallen, als Sean die Tür öffnete. Eine große, schemenhafte Gestalt stand dort, den Hut unter einen Arm geklemmt.

»Mein Name ist James Fordyce. Ich möchte Miss Sheridan einen Besuch abstatten. Ist sie zu Hause?«

James! Gillian duckte sich auf halbem Weg in den Flur, der zu den Küchen hinunterführte, und spähte rechtzeitig um die Tür herum, um zu sehen, wie James das Foyer betrat.

»Ich werde nachsehen, ob Miss Sheridan Besucher empfängt«, sagte Sean.

Er stieg eilig die Treppe hinauf. Gillian konnte nicht anders, als James von ihrem versteckten Aussichtspunkt aus zu beobachten und ihn so in Erinnerung zu behalten, wie er am Abend zuvor gewesen war. Es war, als wäre es ein wunderbarer Traum gewesen. Die verschwommene Dunkelheit, das Gleiten der Gliedmaßen, das Stöhnen und Seufzen, das aufsteigende Vergnügen, das sie für einige Augenblicke geblendet hatte, bevor sie zitternd und schwach wieder zu sich gekommen war. Hatten sie wirklich miteinander geschlafen? Oder war es ein Fiebertraum gewesen, den sie nur deshalb für real hielt, weil sie es sich so wünschte?

James sah sich in der Halle um, ohne sie in ihrem Versteck zu sehen. Die hellbraune Hose, die er trug, schmiegte sich an seine athletischen Beine, Beine, die sich im Bett an ihre gepresst hatten. Seine breiten Schultern füllten seine kastanienbraune Jacke aus. Eine goldene Weste akzentuierte das weiße Hemd darunter, ein Hemd, das dem ähnelte, das sie ihm gestern Abend ausgezogen hatte. Hitze kroch in ihre Wangen, als sie versuchte, die Erinnerungen an den letzten Abend zu verdrängen.

Der Himmel helfe mir. Es war kein Traum gewesen, und sie würde nie so tun können, als wäre es einer gewesen. Es war ihr ins Herz eingebrannt.

Einen Moment später kam Audrey die Treppe herunter und begrüßte James mit einer Umarmung. Gillian zuckte zusammen. Sie wusste, dass ihre Herrin von Natur aus zu allen freundlich war, aber sie konnte den aufkommenden Neid nicht ignorieren, als sie die Berührung der beiden beobachtete. Sie wusste natürlich, dass da nichts zwischen ihnen war, aber *sie* war diejenige, die James so umarmen wollte.

»James! Kommen Sie bitte in den Salon. Ich werde Tee bringen lassen.«

Gillian drückte sich an die Wand in der Nähe der Hintertreppe, die zu den Zimmern der Bediensteten führte, als sie vorbeikamen, und hielt den Atem an, als sie hörte, wie James' Stimme langsam verklang, während er sich immer weiter entfernte.

Ich hatte eine glorreiche, wunderbare Nacht. Das ist mehr, als die meisten Frauen je haben. Ich sollte dankbar sein für das, was ich habe. Einen sicheren Ort, an dem ich meinen Kopf ablegen kann, einen Arbeitgeber, der mich beschützt, und Freunde.

Doch nachdem sie das Bett mit dem Earl of Pembroke geteilt hatte, wusste sie, dass ihr Leben nie wieder dasselbe sein würde.

KAPITEL FÜNF

James hatte keine Lust, Platz zu nehmen, aber als Audrey ihn anwies, sich zu setzen, während sie ihm Tee einschenkte, verhielt er sich wie ein Gentleman und ließ sich auf den nächstgelegenen Stuhl fallen. Er nahm sich einen Moment Zeit, um die Dame vor ihm zu betrachten. Sie sah strahlend und gesund aus, ohne eine Spur von den dunklen Schrecken, die sie am Abend zuvor erlebt hatte. Wie Gillian war auch sie wie keine andere Frau, die er je getroffen hatte. Er war es gewohnt, auf hochtrabende, dumme Kreaturen zu treffen, die sich nur auf den Titel und den Reichtum eines Mannes konzentrierten. Diese beiden zierlichen Amazonen mit ihrem Kampfgeist überraschten ihn ... und faszinierten ihn.

»Wie geht es Ihnen nach der letzten Nacht? Ich fürchte, dass wir aufgrund des Chaos nicht vermeiden konnten, getrennt zu werden. Ich vertraue darauf, dass Mr. St. Laurent Sie sicher nach Hause begleitet hat?«

»Oh ja, uns ging es gut.« Sie hielt ihm eine Tasse Tee hin, die er annahm und erst dann einen Schluck nahm, als sie von ihrer eigenen Tasse trank. Den Orange Pekoe trank er nicht oft, aber er mochte die subtilen Gewürznoten auf seiner Zunge sehr. Audrey hatte einen ausgezeichneten Geschmack für Tee.

»Und Miss Beaumont? Ist sie heute Morgen sicher zu Ihnen zurückgekehrt?« Er wartete, beobachtete sie und hoffte, dass sie wenigstens einen Hinweis auf Gillians Aufenthaltsort oder die Art ihrer Bekanntschaft verraten würde. »Ich habe sie vorhin nicht abreisen sehen.«

Audreys Lippen verzogen sich zu einem kleinen Lächeln. »Ja, das ist sie. Danke, dass Sie sich so gut um sie gekümmert haben, James. Gillian ist mir sehr wichtig, sie ist eine meiner engsten Freundinnen.«

»Ist sie das?« Er setzte sich nach vorne und wollte mehr erfahren. Gillian erwies sich immer wieder als mysteriös und warf mehr Fragen auf, als dass sie Antworten gab.

»Ja, wir kennen uns seit drei Jahren. Seit wir sechzehn sind. Ich vertraue ihr alle meine Geheimnisse an.« Audrey sah ihm tief in die Augen. »*Alle*.«

Er stellte seine Tasse auf dem lackierten Tisch

zwischen ihnen ab und schaute sich um, um sicherzugehen, dass sie nicht belauscht wurden. »Sie weiß von Ihrem ... Beruf?«

Audrey nickte. »Und ich hoffe, Sie werden dieses Wissen ebenfalls für sich behalten, Mylord.«

»Niemand soll es von mir erfahren, aber ich fürchte, Ihr Geheimnis ist nicht mehr sicher. Nach der gestrigen Nacht ist klar, dass Männer wie Gerald Langley auf Rache aus sein werden. Sie müssen vorsichtig sein. Sie beide. Langley hat Miss Beaumonts Gesicht gesehen, und ich fürchte, ihr könnte etwas zustoßen.« Er hob seine Tasse an die Lippen und plante seine nächsten Worte sorgfältig. Es war klar, dass Audrey ihre Freundin vor jeder vermeintlichen Bedrohung schützen würde, aber er hoffte, dass sie ihn als Verbündeten sehen würde. »Gibt es eine Möglichkeit, dass ich sie wiedersehe?«

Audreys scharfer Blick ruhte wieder auf ihm. »Das kommt darauf an. Was sind Ihre Absichten, James? Als Lady Society stelle ich nicht nur die Konventionen des *ton* mit meinen Exposé-Artikeln in Frage, sondern auch andere Dinge.«

James nickte. »Ja, ich habe gehört, dass Sie eine wahrhaftige Kupplerin sind. Und ich bin hier, um Sie zu bitten, mir zu helfen, Gillian, also Miss Beaumont, für mich zu gewinnen.« Er betete, dass der Anflug von Verzweiflung nicht in seiner Stimme zu hören war.

Sie setzte ihre Tasse ab, und das Klirren des Porzellans hallte in dem ansonsten stillen Raum. Sie faltete die

Hände in ihrem Schoß, ihr blassgrünes Kleid raschelte, als sie sich ihm näherte. Die Intensität ihres Blicks war wie ein heller Strahl der Nachmittagssonne, und er blinzelte.

»Ich muss Ihnen eine Frage stellen. Ehrlichkeit ist wichtig, also wäre es klug von Ihnen, mir nur die Wahrheit zu sagen.«

Er beugte sich ebenfalls nach vorne, da er das Bedürfnis nach Geheimhaltung in diesem Moment spürte.

»Natürlich.« Es kam ihm nie in den Sinn, seine Gefühle zu verbergen oder zu lügen, jedenfalls nicht, wenn es um Miss Beaumont ging.

»Lieben Sie sie?«

»Liebe?«, echote er. Das Wort erfüllte ihn mit einer sanften Wärme in seiner Brust. Aber er war kein Narr. Wenn er *ja* sagte, würde Audrey ihm nicht glauben. Sie wollte Ehrlichkeit, und er würde sie ihr geben.

»Ich kenne sie noch nicht lange genug, um mir der Liebe sicher zu sein, aber ich weiß, dass von dem Moment an, als ich sie kennenlernte, etwas zu passen schien, wenn ich mit ihr zusammen bin. Wie die Teile eines Puzzles, die an ihren Platz gleiten, oder wie das Meer und die Küste zusammenkommen. Ich fühle mich mit ihr auf eine Weise verbunden, die sich einer rationalen Erklärung entzieht. Sie ist intelligent, mitfühlend und mutig. Alles, was ich mir von einem Partner in meinem Leben wünschen würde.«

Audreys Lippen verzogen sich leicht nach oben. »Und schön?«

»Natürlich. Aber Schönheit ist nicht nur das Gesicht und die Form eines Menschen. Sie reicht viel tiefer, in den Geist und die Seele. Diese Schönheit wächst mit der Zeit und verblasst nicht.«

Audrey lehnte sich mit einem nachdenklichen Gesichtsausdruck in ihrem Stuhl zurück.

»Nach einer so kurzen Begegnung kann man sie kaum gut kennen. Was ist, wenn Ihre Annahmen über sie falsch waren?« Audreys Augen waren scharf.

»Ich fürchte, ich verstehe nicht.«

»Wenn Sie sich für sie entscheiden sollten und anschließend Ihr Leben um Sie herum zusammenzubrechen drohte, was dann? Würden Sie es bereuen? Würden Sie sie im Stich lassen und sich wünschen, Sie hätten sie nie getroffen?«

James senkte den Kopf und dachte über seine Antwort nach. Er starrte auf die Reste seines Tees in der Tasse, bevor er wieder sprach.

»Was ist mit Gillians Leben?«, fragte er.

»Wie bitte?« Audrey schien ihn nicht zu verstehen, also fuhr er fort.

»Nun, Sie sagten, wenn ich mit ihr zusammen bin, könnte mein Leben um mich herum zusammenbrechen, aber würde es auch ihres zerstören? Wenn ja, dann hätte ich keine andere Wahl, als uns beiden diesen Schmerz zu ersparen. Aber wenn Sie über mein

Leben allein sprechen ... nun ja. Ich glaube, dass es bestimmte Menschen im Leben gibt, die den Herzschmerz und die schwierigen Zeiten wert sind. Für mich ist Gillian diese Frau. Ich glaube wirklich, dass sie *alles* wert ist.«

Audrey lächelte, aber da war auch ein Hauch von Traurigkeit, der ihn beunruhigte.

»Ich muss Sie warnen. Gillians Leben war nicht einfach, und sie hat ihre eigenen Geheimnisse. Geheimnisse, von denen sie glaubt, dass sie jeden Mann, den sie liebt, verletzen würden, wenn sie jemals entdeckt würden. Sind Sie mutig genug, ihr gegenüberzutreten, wenn sie dir die Wahrheit sagt?«

James runzelte die Stirn. Die Wahrheit? Das bedeutete, dass Gillian log oder ihm zumindest etwas vorenthielt.

»Ist sie in einen anderen verliebt? Gibt es einen anderen Mann, mit dem ...«

»Nein, natürlich nicht!«, versicherte Audrey ihm.

Eine Welle der Erleichterung durchflutete ihn. »Dann ja, ich kann jeder Wahrheit trotzen, solange ich eine Chance habe, sie zu gewinnen.«

»Gut.« Sie klatschte vor Freude in die Hände und beugte sich vor. »Dann sollten Sie Folgendes tun. Sie werden von meiner Schwester eine Einladung zu einer Hausparty in einer Woche erhalten. Sie werden akzeptieren. Gillian wird dort sein. Dann werden Sie Ihre Chance haben, sie zu gewinnen.«

»Eine Woche.« Er murmelte die Worte und runzelte immer noch die Stirn.

»Sie können doch geduldig sein, nicht wahr, Mylord?«

»Natürlich.« Fast hätte er zugegeben, dass er das Gefühl hatte, sein ganzes Leben lang auf Gillian gewartet zu haben, aber er hatte nicht gewusst, dass er auf sie wartete, bis er sie im Geschäft der Modistin sah.

Noch immer sah er ihr Gesicht vor sich, wie er den Vorhang zurückzog und dachte, es sei seine Schwester, die um Hilfe gerufen hatte. Stattdessen hatte er Gillian in einem schönen lila Kleid erblickt, mit entblößtem Rücken, großen grauen Augen und ach so schönen Lippen. Im gleichen Moment hatte er sie in die Arme nehmen und all die Sorgen wegküssen wollen, die auf ihrem Gesicht standen. Sie schien eine verwandte Seele zu sein. Eine Frau, die ihr ganzes Leben damit verbracht hatte, sich um andere zu sorgen und sich um sie zu kümmern, wie er es tat.

Er gehörte zwar dem Club der verruchten Grafen an, aber im Gegensatz zu den anderen Mitgliedern konnte er sich nicht in Glücksspiel, Wein oder Frauen verlieren. Er wollte lediglich in der Dunkelheit des exklusiven Clubs verschwinden. Es war die einzige Möglichkeit, seiner Last zu entkommen, und er verachtete es, dass er diese Flucht brauchte. Wenn er bei Gillian war, hatte er das Gefühl, wieder atmen zu können. Sie verbannte die Schatten in ihm. Für eine Frau wie diese würde er alles tun.

»Wir sehen uns in einer Woche.« Audrey stand auf, und er wusste, dass sie ihn höflich verabschiedete. Nicht, dass es ihn gestört hätte. Er musste über vieles nachdenken und hatte noch andere Wege vor sich. Er wollte sehen, ob er Lord Morrey treffen und ihn fragen konnte, ob er Gillian auf irgendeine Weise kannte. Audrey hatte deutlich gemacht, dass die Lady Geheimnisse hatte, doch James konnte sich nichts so Schlimmes vorstellen. Sie war zu süß, um wirklich belastende Geheimnisse zu haben.

Er holte seinen Hut von einem Lakaien am Eingang. Audrey begleitete ihn zur Tür, und er hielt inne, als er in den sonnigen Nachmittag hinaustrat.

»Miss Sheridan, wenn Sie sie sehen, werden Sie ihr sagen ...« Er wollte nicht töricht und sentimental klingen. »Sagen Sie ihr, dass ich an sie denke.«

»Das werde ich«, versprach Audrey.

James eilte die Treppe hinunter auf die Straße, wo er eine Kutsche zu sich rief. Er machte sich auf den Weg zum Stadthaus von Jonathan St. Laurent, nur ein paar Straßen weiter, in der Hoffnung, ihn zu Hause zu finden. Nach der ziemlich verzweifelten Mission von gestern Abend hatte er das Gefühl, dass er und Jonathan wie zufällige Waffenbrüder waren, wenn es um die Rettung von Jungfrauen in Nöten ging. Er wünschte, er hätte Audrey mehr darüber fragen können, warum sie gestern Abend dort gewesen war und wie ihr Kampf mit Langley begonnen und zu den Ereignissen des Vorabends geführt hatte, aber er hatte das Gefühl, sie würde ihre Geheimnisse lieber für sich behalten.

Als er Jonathans Haus erreichte, überlegte er sich ein Dutzend verschiedene Arten, den Mann auszufragen. Als er sich für eine entschieden hatte, hob er schließlich den Türklopfer an.

Der Butler, der ihn empfing, ließ ihn eintreten und bat ihn zu warten, während er sich vergewisserte, ob Jonathan ihn empfangen konnte. Er brauchte nicht lange.

»Hier entlang, Mylord.« Der Butler begleitete ihn in einen Salon, wo Jonathan am Fenster stand, aber nicht allein war. Godric St. Laurent, der Herzog von Essex, stand neben ihm, und die beiden Brüder unterhielten sich leise. Godric legte Jonathan eine Hand auf die Schulter und gab ihm einen brüderlichen Klaps, bevor er sich umdrehte und James sah.

»Pembroke, wie zum Teufel geht es Ihnen?« Godric kam zu ihm und schüttelte ihm die Hand.

»Mir geht es gut, Euer Gnaden, und Ihnen?« James grinste den Duke an.

»Gut, gut. Ich gebe meinem Bruder einen Rat in Sachen Frauen. Er ist noch ein junger Hund.« Der Herzog stupste James verschwörerisch gegen den Arm. Jonathan drehte sich zu ihm um, und Pembroke wurde fast blass. Der Mann hatte ein blaues Auge und lächelte überhaupt nicht.

Seine Nacht schien weitaus schwieriger gewesen zu

sein als die von James. Aber das war kaum überraschend. Jonathan war weit unterlegen gewesen und hatte es mit mehreren Männern auf einmal zu tun gehabt.

Es war ein verdammtes Glück, dass er nicht noch mehr Prellungen davongetragen hatte.

»Nicht so jung«, schnaubte Jonathan, aber die Zuneigung zu seinem Bruder war deutlich in seiner Stimme zu hören.

»Ja, aber du bist jung genug, um dir nicht einfach zu nehmen, was du willst.«

»Und manche Ladys mögen es gar nicht, über die Schulter geworfen und davongetragen zu werden. Deine Frau hat das sicher getan.« Jonathan lachte. Der Herzog lachte ebenfalls, und der Klang der beiden Brüder war so ähnlich, dass James wieder lächeln musste.

»Ja, Ehefrauen sind zunächst dagegen. Aber so macht man sie zu Ehefrauen, wenn sie sich wehren.«

Jonathan verdrehte die Augen und sah zu James. »Das ist doch ein Zirkelschluss, oder?«

Godric zuckte mit den Schultern. »Es hat bei mir funktioniert, und es wird auch bei dir funktionieren. Glaub mir, ich kenne diesen kleinen Wildfang nur zu gut. Sie wird nicht herumsitzen und auf einen Antrag warten. Du kannst später um Vergebung bitten.«

Jonathan schüttelte den Kopf und seufzte. »Du kennst sie nicht so gut wie ich. Ich werde nicht lange genug leben, um das Stadium der Vergebung zu erreichen, wenn ich ihr in die Quere komme.«

James war sich nicht sicher, über welche Frau sie sprachen, aber er hatte den leisen Verdacht, dass es Audrey sein musste. Nur ein Mann, der in eine Frau verliebt ist, hätte sich gestern Abend so in den Club geschlichen, wie Jonathan es getan hatte. *Wie ich es getan habe ...*

»Nun.« Godric konzentrierte sich wieder auf James. »Ich habe gehört, dass Sie beide eine interessante Nacht hatten.« Godric blickte zwischen James und seinem jüngeren Bruder hin und her.

»Ja, hatten wir. Eine sehr interessante Nacht«, antwortete James vorsichtig, unsicher, wie viel Godric wusste.

»So gern ich auch bleiben würde, ich sollte zu meiner Frau zurückkehren. Sie besteht darauf, dass wir die Pläne für das Kinderzimmer besprechen.«

»Sie erwarten Nachwuchs?« James grinste bei dem Gedanken, dass einer der berüchtigtsten Schurken Londons sich ein Kinderzimmer einzurichten plante.

»Ja, im nächsten Winter.« Das Lächeln des Herzogs war breit, und seine Augen waren warm. »Das Baby kommt im Januar zur Welt.«

James klopfte Godric auf die Schulter. »Dann herzlichen Glückwunsch! Lady Essex muss begeistert sein.«

»Das sind wir beide«, sagte Godric lachend. »Aber verdammt will ich sein, wenn ihr empfindlicher Zustand sie davon abhält, Ärger zu machen. Gott, Emily hat ein Händchen dafür.«

Godrics Worte riefen bei Jonathan ein Lachen hervor. »Emilys zweiter Vorname ist *Trouble*. Wegen ihr wäre ich fast erschossen worden, und das von dir, meinem eigenen Bruder.«

Der Herzog blickte spöttisch drein. »Weil du versucht hast, *sie zu verführen*. Und ich wusste nicht, dass du mein Bruder bist, sonst hätte ich dich einfach geschlagen.«

»Ich wusste nicht, dass sie in dich verliebt ist. Man kann einem Mann nicht verübeln, es zu versuchen, wenn er glaubt, dass er eine Chance hat.«

Godric verschränkte die Arme. »Ja, aber sie ist jetzt glücklich verheiratet - mit mir. Und du hast deine eigene Frau zu fangen.«

Bei diesen Worten nickte Jonathan nüchtern und murmelte etwas, das verdächtig nach *Ja, fangen* klang.

»Warum gesellen Sie sich heute Abend nicht zu uns auf einen Drink ins Berkley's?«, schlug Godric James vor.

»Das würde ich gerne tun.« Sie verabschiedeten sich von dem Herzog und wurden bald in Ruhe gelassen. Als er weg war, atmete Jonathan aus und ließ die Schultern sinken.

Das Gefühl der Niederlage schien ihm fremd zu sein. James war an Jonathans Grinsen und Lachen und an die amüsanten Geschichten über seinen Bruder und seine Freunde, die Liga der Schurken, wie London sie dank Audreys Schilderungen in ihrer Kolumne Lady Society zu nennen pflegte, gewöhnt. Aber dieser ruhige, nüchterne Mann war beunruhigend.

»Also, wegen gestern Abend«, sagte James schließlich. »Wie zum Teufel haben Sie von diesem Hell Fire Club erfahren?«

Jonathans Lippen zuckten. »Das Gleiche könnte ich Sie auch fragen. Ich behalte Miss Sheridan genau im Auge. Sie steckt immer mitten in Schwierigkeiten.«

Er hatte also recht gehabt, als er annahm, dass Jonathan Gefühle für Audrey hatte. Er konnte nicht umhin, sich zu fragen, was der andere Mann von Audreys geheimer Tätigkeit als Kolumnistin für die *Quizzing Glass Gazette* hielt.

»Sie wissen also, dass ...«

»... dass sie Lady Society ist? Ja, das habe ich eine Stunde, bevor wir in diesem verdammten Club gelandet sind, herausgefunden. Ich bin ihr gefolgt, aber als ich sah ...« Er hielt abrupt inne und unterdrückte jegliche Emotion in seinem Gesichtsausdruck.

James schürzte seine Lippen. Jonathan hatte etwas zu verbergen, aber was? Und warum?

Jonathan fing sich schnell. »Aber es scheint, dass wir ohne großen Schaden davongekommen sind. Jedenfalls für uns.«

»In der Tat.« James hielt inne und beschloss dann, die Frage, die in ihm brannte, direkt zu stellen.

»Kennen Sie Miss Beaumont?«

»Gillian? Ich meine, ja.« Er lächelte. »Ich kenne Miss Beaumont.«

James jubelte fast vor Triumph. »Was wissen Sie über sie? Ich habe versucht, mehr herauszufinden, aber niemand scheint sie zu kennen, und Miss Sheridan wollte mir nichts verraten, als ich sie besuchte, bevor ich hierher kam.«

Wieder verschloss sich Jonathans Gesicht. »Oh, ich meine, ich kenne sie, aber nicht so, dass es für Sie hilfreich wäre, fürchte ich. Wie gut kennt man einen Menschen wirklich?«

»Sie waren mit mir in diesem Club. Sie war mit Miss Sheridan dort. Sie waren beide in Gefahr, und ich weiß nicht, warum alle über Miss Beaumont schweigen.« Er krümmte die Finger an seinen Seiten. »Die Frau ist ein verdammtes Rätsel, und es macht mich verrückt vor Sorge um sie.«

Jonathans Gesichtsausdruck wechselte von emotionslos zu spekulativ.

»Sie mögen sie, ja?«

James leugnete es nicht. »Wenn ich sie finden könnte, würde ich sie wahrscheinlich fragen, ob sie mich heiraten will, aber sie verschwindet immer wieder auf Nimmerwiedersehen.«

Jonathan lachte, als er zu einem Tisch an der einen Wand ging und nach einer Karaffe mit Brandy griff. Er schenkte zwei Gläser ein und hielt James eines hin.

»Nun, das ist etwas, an das Sie sich werden gewöhnen

müssen. Frauen wie sie sitzen selten still und verschwenden Zeit damit, auf ihre Rettung zu warten. Das Beste, was wir tun können, ist zu rennen, um mitzuhalten.«

James nippte an seinem Brandy und blickte finster drein. Ihm gefiel der Gedanke nicht, dass er Gillian scheinbar nicht einholen konnte. Das bedeutete, dass er vielleicht nicht da sein würde, um sie zu beschützen, wenn sie ihn am meisten brauchte. »Gehen Sie nächste Woche zu der Hausparty in Rochester Hall?«

»Ich hatte es ursprünglich nicht vor, aber mein Bruder war gerade da und hat mich überzeugt, dass ich es tun sollte.«

»Gut, wir können gemeinsam leiden. Miss Sheridan hat gesagt, dass ich eingeladen werde, aber es ist schon eine Weile her, dass ich eine Hausparty besucht habe.« In den letzten zwei Jahren hatte er viele Angebote abgelehnt. Die Krankheit seiner Mutter hatte sich verschlimmert, und er hatte Angst, sie zu verlassen.

Jonathan drehte sein Glas zwischen den Handflächen und wandte sich wieder dem Fenster zu. Die Straße vor dem Gebäude war voller Menschen und Kutschen.

»Haben Sie manchmal das Gefühl, dass Sie ein Außenseiter sind, der auf diese Welt schaut? Als ob Ihr Gesicht an das Glas gepresst wird? Alles, was Sie hören, ist gedämpft, und was Sie sehen, ist verschwommen. Und das Verrückteste von allem ist, dass man nicht näher herankommt.« Die Melancholie in Jonathans Stimme brannte sich tief in James ein.

»Mehr, als Sie glauben würden.« Auf seine eigene Weise verstand er. Viele Männer seines Alters mit ähnlichen Titeln waren verheiratet oder hatten Mätressen. Sie lebten ihr Leben, im Guten wie im Schlechten.

Aber ich nicht. Dr. Wilkes hatte Recht. Ich lebe nicht wirklich.

Seit der Erkrankung seiner Mutter hatte er sich daran gewöhnt, sich von der Welt abzukapseln. Es war einfacher, sich den Dingen nicht zu stellen, von denen er wusste, dass sie ihm fehlten. Eine Frau, Kinder, ein Leben. Und er fühlte sich schuldig, dass seine Mutter all diese Dinge so früh im Leben verloren hatte. Gillian hatte das alles geändert.

Sie hatte sein schlafendes Herz geweckt, wie ein irrender Blitz. Sie hatte ihn wieder zum Leben erweckt und ihn an alles erinnert, was er haben könnte. Er wusste, dass sie seine Mutter niemals wegschicken würde.

»Jonathan, erzählen Sie mir alles über Miss Beaumont. *Bitte*, ich muss es wissen.«

Jonathan schaute ihn an. »Ich kann Ihnen die kleinen Dinge sagen - ihre Lieblingsfarbe, die Art, wie sie ihren Tee trinkt, ihre Lieblingsbücher -, aber viel mehr darf ich Ihnen nicht sagen. Sie hat ihre Gründe für die Heimlichtuerei.«

»Das hat man mir gesagt«, brummte James. »Erzählen

Sie mir alles, was Sie mit gutem Gewissen sagen können.«

Jonathan nickte mit dem Kopf in Richtung Tür. »Sehr gut, wie wäre es mit einer Partie Billard, während wir uns unterhalten?«

James folgte ihm. Endlich würde er mehr Teile des Puzzles zusammenbekommen, das Gillian Beaumont ausmachte.

KAPITEL 6

KAPITEL SECHS

Gillian stieg hinter Audrey aus der Kutsche und blickte auf den hohen Eingang von Rochester Hall. »Ich halte das für eine schreckliche Idee.«

»Unsinn. Ich musste eine ganze Woche lang zusehen, wie du Trübsal bläst, und jetzt schuldest du mir was.« Audreys Lächeln war viel zu süß, und Gillians Magen flatterte vor Nervosität. Ihre Herrin hatte wieder etwas vor.

Gillian ließ die Kapuze ihres Umhangs zurückfallen, obwohl ein kalter Windhauch mit ihren Röcken spielte und an ihrem Haar zerrte.

»Aber sich wie eine Dame zu benehmen, obwohl ich keine bin ...«

»Pst. Du bist eine adelig geborene Lady. Die Umstände, in denen du seither leben musst, machen dich nicht zu weniger als einer Lady.«

Gillian runzelte die Stirn. Sie war sich sicher, dass ihre Herrin von allen guten Geistern verlassen war. Als Audrey ihr zwei Tage zuvor mitgeteilt hatte, dass Gillian in Zukunft eine größere Rolle bei ihren Unternehmungen spielen sollte, hatte sie sich Sorgen gemacht, was das bedeuten könnte. Als man ihr sagte, sie solle auf der Hausparty von Audreys Schwester als Dame auftreten, hatte Gillian gebetet, dass sie einen Scherz machen würde. Aber wie immer bei Audrey war das nicht der Fall.

»Horatia weiß, dass du in einem Zimmer in der Nähe meines Zimmers untergebracht sein solltest, und die Diener, die dich kennen, wurden auf die Situation aufmerksam gemacht.«

»Die Situation?«, zischte Gillian. »Was genau haben Sie ihnen gesagt?«

»Dass du lernst, die Rolle der Dame zu spielen, damit wir als Schauspielerinnen in einem Stück auftreten können, das einige Freunde in London in ein paar Wochen für eine Hausparty aufführen. Man hat ihnen gesagt, dass du mir bei der Handlung helfen und deshalb die Rolle einer Dame in der Geschichte spielen sollst. Horatia weiß, dass es wirklich daran liegt, dass wir unser Schauspiel für die Spionage perfektionieren. Sie mag es nicht, wenn ich spioniere, aber ich habe sie davon überzeugt, dass du und ich in der Nähe von London bleiben werden, also denkt sie, dass es sicher genug ist.«

»Spionieren? Mylady ...«

»*Audrey*. Du solltest dir besser angewöhnen, mich so zu nennen. Die anderen Gäste werden es zu merkwürdig finden, wenn du mich ständig als *Mylady* ansprichst. In den nächsten Tagen bist du selbst eine Lady. Vergiss das nicht.« Audrey ließ ihre eigene Kapuze fallen, als sie den Eingang zu Rochester Hall erreichten. Die Tür öffnete sich, und mehrere junge Lakaien eilten an ihnen vorbei zur Kutsche, um ihre Koffer zu holen.

»Du bist Miss Beaumont«, erinnerte Audrey im Flüsterton. »Vergiss es nicht, egal was passiert.«

Miss Beaumont. Mein Gott, was für ein Chaos.

»Audrey!« Horatia erschien in der Tür, eine Hand ausgestreckt, die andere auf dem geschwollenen Bauch liegend. Ihr erstes Kind war in einem Monat fällig, und sie strahlte förmlich. Die Liga der Schurken und ihre Frauen waren auf dem besten Weg, eine Liga der Baby-Schurken zu gründen, der Himmel möge ihnen allen helfen. Abgesehen von Horatia und Emily, der Herzogin von Essex, hatten sie erst vor einer Woche erfahren, dass Anne, die Schwägerin von Audrey and Horatia, etwa zur gleichen Zeit wie Emily ein Kind bekommen würde.

»Schwester!« Audrey umarmte Horatia, und Gillian blieb in einiger Entfernung stehen und beobachtete die Schwestern mit einer nicht geringen Portion Neid. So eine enge, vertraute familiäre Bindung würde sie nie haben.

»Miss Beaumont.« Horatia winkte Gillian herein, umarmte sie kurz und flüsterte: »Keine Sorge, es ist alles vorbereitet. Genießen Sie einfach und entspannen Sie sich.«

»Danke.« Gillian zwang sich, hocherhobenen Hauptes zu Horatia zu blicken. Wenn sie die Rolle einer Dame spielen sollte, musste sie überzeugend sein.

»Ihr seid beide im Ostflügel untergebracht, zusammen mit den meisten anderen Gästen.«

»Wie viele Gäste werden kommen?«, fragte Gillian und fluchte dann innerlich. Das war die Frage einer Bediensteten, nicht wahr? Eine Dame würde sich weder darum kümmern, noch würde sie es wagen, nachzufragen.

»Etwa dreißig. Hauptsächlich einige einheimische Familien und ein paar andere Gäste.« Horatia zuckte plötzlich zusammen und legte eine Hand tief auf ihren Bauch.

Audrey ergriff die Hand ihrer Schwester. »Horatia?« Sie und Gillian tauschten einen besorgten Blick aus.

»Es ist das Baby. Er tritt auf meine ... Verzeihung, ich muss die Räumlichkeiten nutzen.« Horatia eilte den Korridor hinunter.

»Sollen wir dir helfen?«, rief Audrey ihr hinterher.

»Nein. Ich komme schon zurecht«, versicherte Horatia und eilte in den nächsten Flur.

»Das Baby hat getreten?« Audrey neigte verwirrt den Kopf. »Wozu?«

Gillian gluckste. Ihre Herrin wusste sehr wenig über Babys und Geburten.

»Manchmal kann ein Baby so liegen, dass es, wenn es sich bewegt, das Bedürfnis der Frau beschleunigt, sich zu erleichtern.«

»Oh, ich verstehe!« Audrey wurde rot und schaute in die Richtung, in die ihre Schwester gegangen war. »Das klingt ziemlich schrecklich.«

»Das kann unangenehm sein, hat man mir gesagt.«

Audrey drehte sich zu ihr um, während sie darauf warteten, dass die Lakaien ihr Gepäck hereinbrachten.

»Woher weißt du so viel über Babys?«

Die Frage brachte Gillian zum Lächeln. »Meine Mutter war sehr offen darin, solche Details mit mir zu teilen. Ihre Mutter, meine Großmutter, war Hebamme gewesen. Wir haben einer Nachbarin geholfen, ein Baby zu entbinden, bevor der Arzt eintreffen konnte.«

»Wie konnte ich das nicht wissen?« Audrey legte ihren Arm in den von Gillian, und sie folgten den Lakaien, die ihre Taschen zu ihren Zimmern im Ostflügel trugen.

»Weil ich mir nicht sicher war, ob ich solche Dinge mit Ihnen teilen kann, da Sie in diesen Sachen eher zimperlich veranlagt sind. Sie würden wahrscheinlich nie ein Kind haben wollen.«

»Ich bin nicht zimperlich!«, widersprach Audrey.

»Das sind Sie«, beharrte Gillian. »Wissen Sie noch, wie Sie sich mit der Nadel in den Finger gestochen haben und das Blut ...«

»Oh, pst! Erinnere mich nicht daran. Es war so demütigend. Es ist schwer zu vergessen, wie albern ich mich fühlte, als ich auf dem Boden aufwachte. Und das auch noch vor Emily und Anne.« Audrey biss sich auf die Lippe, runzelte die Stirn bei der Erinnerung, und Gillian gab ihr einen Klaps auf die Hand.

»Ich wünschte, Lady Essex und Lady Sheridan wären heute Abend hier«, gab Gillian zu.

»Ich auch. Aber sie fahren mit ihren Ehemännern nach Brighton. Das hat etwas mit dem Kauf von ein paar Zuchtpferden zu tun. Emily ist sehr daran interessiert, gemeinsam mit Cedric und Anne diese neuen Araber zu züchten.«

»Und Ashton und Rosalind?«, erkundigte Gillian sich nach Audreys anderen Freunden, die nicht an der Party teilnehmen konnten.

Sie hielten am Beginn eines Ganges, der zu ihren Zimmern führte, inne. »In Schottland, um Rosalinds Brüder und ihre Familien zu besuchen. Sie sind solche Teufel, weißt du, obwohl ich das natürlich liebevoll meine. Sie versucht, sie zu einem Besuch zu überreden, aber ich nehme an, ein Schloss in Schottland ist viel interessanter als ein langweiliges Landhaus in Südengland. Meinst du nicht auch? Wenn ich die Möglichkeit hätte, auf einer Burg herumzurennen, würde ich in so reizvolle Scharmützel geraten. Glaubst du, dass es dort spuken könnte? In Schlössern spukt es immer, nicht wahr?«

Gillian lachte. »Ich nehme an, dass es in jedem alten Haus ein oder zwei Geister gibt. Aber wir sollten uns wirklich umziehen und schauen, ob Ihre Schwester Hilfe braucht.«

Audrey warf ihr einen strengen Blick zu. »Sie hat eine Flotte von Dienern, und du gehörst nicht dazu. Jetzt geh und zieh das Kleid an, das ich dir gekauft habe, das mit der weißen Schärpe um die Taille und den kleinen weißen Blumen an den Ärmeln und am Saum. Das wird perfekt für heute Abend sein. Du wirst hinreißend aussehen.«

Gillian gab dem Wunsch ihrer Herrin nach, obwohl sie wusste, dass sie keinen Grund hatte, attraktiv auszusehen, überhaupt keinen Grund. Der Gedanke daran ließ ihr Herz schmerzen.

Ihre Wege trennten sich, und Gillian fand ihr Zimmer weiter unten im Korridor. Es war seltsam, dass sie in diesem Schlafzimmer mit seinen prächtigen Farben und dem großen Himmelbett schlafen würde. Sie hatte sich an die Beschaulichkeit der Dienstbotenquartiere gewöhnt, und so viel Raum für sich allein zu haben, war beunruhigend.

Sie berührte die blaue Decke und fuhr mit ihren Fingern die goldenen Fäden nach. Sie ging zum Fenster und freute sich über den Blick auf die Gärten, aber ihr

Herz setzte aus, als sie sah, dass zwei Männer auf einer kleinen Wiese standen und Krocketschläger schwangen, während sie sich unterhielten.

James. James Fordyce war hier und sprach mit Jonathan St. Laurent. Einen Moment lang konnte Gillian den Schock nicht überwinden, ihn hier zu sehen. Sie hatte geglaubt, dass sie ihn nie wieder sehen würde, dass alles, was zwischen ihnen beiden geschehen war, der Vergangenheit angehörte, aber jetzt ...

»Oh!« Sie erschrak, als ihr klar wurde, dass Audrey gewusst haben musste, dass James kommen würde. Sie wusste immer solche Details. Eine andere Erklärung gab es nicht. Audreys Ausrede, sie wolle damit ihre Spionagefähigkeiten verbessern, war eine Lüge.

Ihre Herrin hatte sie mit voller Absicht in diese Situation gebracht. Sie hatte sie verraten. Gillian stürzte aus dem Zimmer, ging direkt zu Audreys Tür und hämmerte dagegen.

»Ja?« Audreys Stimme kam von innen, und Gillian wartete nicht. Sie stürmte hinein und starrte Audrey an.

»Er ist hier.«

»Wer?«, fragte Audrey. Ihre braunen Augen waren groß und arglos.

»Lord Pembroke! Er ist hier.«

»James? Wirklich?« Audreys Augen leuchteten auf, und dann verengte sich ihr Blick. »Oh je, du wirst ihn sehen müssen, nicht wahr? Das macht die Sache kompliziert ...«

Gillian starrte sie einen Moment lang wortlos an. »Sie ... wir ...« Sie holte zittrig Luft. »Sie haben ihn doch nicht meinetwegen hierher eingeladen, oder?«

»Was? Nein, natürlich nicht. Du hast mir gesagt, dass du vergessen willst, dass du nicht mehr an ihn denken willst. Wir sind Freunde, und das respektiere ich.«

»Ja«, murmelte Gillian. »Natürlich.« Sollte sie wirklich glauben, dass Audrey sich nicht eingemischt hatte? Sie war sich ehrlich gesagt nicht sicher.

»Ich nehme an, wir müssen doppelt sicherstellen, dass er glaubt, dass du eine Dame bist, nicht wahr?« Audrey faltete ihre Hände und presste ihre Fingerspitzen nachdenklich zusammen.

Gillian lehnte sich mit dem Rücken gegen die geschlossene Tür. »Vielleicht sollte ich für den Rest der Party eine Krankheit vortäuschen.«

»Unsinn! Wir sollten uns diesem Problem stellen. Du hast ihn gesehen? Lass uns ein kleines Treffen abhalten und es hinter uns bringen. Du kannst hallo sagen, er kann hallo sagen, und dann können wir zum Haus zurückkehren.«

»Ich glaube nicht ...«

»Nimm deinen Schal und lass uns gehen«, befahl Audrey.

Gillian kehrte in ihr Zimmer zurück und wählte einen weißen Schal aus, der das dunkelblaue Reisekleid, das sie trug, betonte. Sie ging zu Audrey in den Flur, und sie wanderten Arm in Arm den Flur entlang. Gillian war im letzten Jahr ein paar Mal in diesem Haus gewesen und hatte sich immer in der Schönheit der Architektur und der Marmorstatuen in der großen Halle verloren. Der Marquess of Rochester hatte einen exquisiten Geschmack.

»Wo hast du ihn gesehen?«, fragte Audrey.

»In den Gärten. Ich glaube, sie haben Krocket gespielt.«

»*Sie?*«, fragte Audrey. »Jemand war bei James?«

»Ja. Er war dort mit Mr. St. Laurent.«

Audrey blieb ruckartig stehen, ihr Gesicht wurde blass. Sie sah aus, als würde sie in Ohnmacht fallen.

»Sie wussten nicht, dass er kommen würde?«, fragte Gillian.

»Nein, mir wurde gesagt, dass er *nicht* kommt.« Audrey atmete langsam ein und hob ihren Kopf. »Nun gut. Wir werden das Treffen gemeinsam angehen.«

»Ja«, sagte Gillian. »Wir werden uns ihnen stellen und dann mit eingezogenem Schwanz ins Haus zurücklaufen.«

»Unsinn. Wir sind Damen mit Qualität, Gillian. Wir fliehen nicht. Wir gehen zügig von dem weg, was uns bedrückt.« Audrey erklärte dies mit einer so pompösen, albernen Würde, dass Gillian sich ein Kichern nicht verkneifen konnte. Dennoch machte sie sich Sorgen um ihre Herrin. Was war zwischen ihr und Jonathan vorgefallen? War es ähnlich wie das, was sie und James ...?

Gillian verbannte den Gedanken. Ihre Herrin würde sicher nicht so leichtsinnig gewesen sein.

Sie verließen das Haus und gingen den Weg entlang, der an einer Reihe von Nachbarhäusern vorbeiführte. Es gab eine Reihe von ummauerten Gärten, die von Holztüren gesäumt waren, die bei Nichtgebrauch verschlossen werden konnten. Gillian wusste von ihrem letzten Besuch hier, dass die Köchin von Rochester Hall die Gärten nutzte, um Melonen, Trauben, Pfirsiche, Nektarinen und sogar exotische Blüten wie Orchideen und Nelken zur Dekoration anzubauen. Die Nelken waren natürlich ihre Lieblingsblumen, und als sie das letzte Mal hier gewesen war, hatte Audreys Schwager ihr erlaubt, eine Blüte mit in ihr Quartier zu nehmen. Sie hatte die Blüte mehrere Tage lang in einem kleinen Becher mit Wasser aufbewahrt und sie im Sonnenlicht, das durch das kleine Fenster ihrer Kammer fiel, beobachtet. Das war ihre kleine Freude in jener Woche gewesen.

Vor ihnen steckten Jonathan und James ihre Krocketschläger weg, während ein Lakai sich beeilte, die Spielsteine auf dem Rasen einzusammeln.

»James!« Audrey winkte den beiden Männern in der Nähe des kleinen Gartenhäuschens zu. Jonathan schlug sich den Kopf an, als er sich in der flachen Tür der kleinen Hütte aufrichtete. Er runzelte die Stirn und rieb sich den Kopf, dann drehte er sich um und lächelte Gillian zögernd an, als sie und Audrey sich näherten.

»Meine Damen!« James wischte sich die Handflächen an seiner Hose ab und grinste. »Miss Beaumont, ich freue mich, Sie wiederzusehen, und dass Sie so gut aussehen.«

»Danke.« Gillian konnte sich gerade noch davon abhalten, nach unten zu schauen, und begegnete stattdessen seinem Blick. Sie musste so tun, als ob sie gleichberechtigt wären. Sie war verblüfft von der dynamischen Vitalität, die er in diesem Moment ausstrahlte. Er sah sie an, als wären sie ganz allein in seinem Schlafgemach, wo die Welt draußen keine Rolle spielte.

»Gillian, ich werde nach den Ananas sehen. Horatia hat mich gefragt, ob ich das für sie tun könnte.«

»Ananas?« Sie konnte sich nicht erinnern, dass Horatia sie darum gebeten hatte.

»Ja. Die *Ananas*.« Audrey warf ihr einen wissenden Blick zu und nickte James leicht zu.

»Oh ...ja ...« Gillian fing sich und spielte mit. »Ich hoffe, sie wachsen gut.«

»Und genau das werde ich untersuchen.« Audrey verabschiedete sich von ihnen.

Jonathan sah ihr nach und stapfte dann mit einer halb gemurmelten Entschuldigung in die andere Richtung davon. Gillian war wieder allein mit James. Das war nicht Teil des Plans gewesen, den sie und Audrey vereinbart hatten, aber sie konnte sich nicht dazu durchringen, sich um den skandalösen Charakter des Augenblicks zu kümmern. Ihn wiederzusehen bedeutete, zu vergessen, dass sie ihm aus dem Weg gehen wollte.

»Du bist gegangen, bevor ich mich verabschieden konnte«, sagte James und trat einen Schritt näher. Seine braunen Augen wärmten sie, und einen gefährlichen Moment lang wollte sie sich ihm an den Hals werfen. Ihn anflehen, sie zu küssen, damit sie ihre Sorgen, ihr langweiliges und ruhiges Leben vergessen könnte.

»Es tut mir leid. Du hast so friedlich geschlafen, und ich wollte dich nicht wecken.«

»Aber das ist das Beste am Morgen, neben einer schönen Frau aufzuwachen. Ich habe es sehr vermisst.« Seine süßen Worte und das zärtliche Funkeln in seinen Augen, als er sich ihr näherte, ließen ihr Herz erbeben. Sie konnte nicht glauben, dass sie hier waren, zusammen, und über die Nacht sprachen, die sie miteinander verbracht hatten, und darüber, wie sehr er sie am nächsten Morgen vermisst hatte.

Er griff in seine Westentasche und zog eine rote Nelke heraus.

»Für dich. Ich habe gehört, dass es deine Lieblingsblume ist.« Er runzelte die Stirn, als er bemerkte, dass die Blütenblätter ein wenig zerknittert waren. »Es tut mir leid, ich hatte gehofft, sie dir schon früher zu geben, als ich erfuhr, dass du auch hier sein würdest.«

Sie nahm die Blume entgegen, wobei ihre Hand leicht zitterte. Er hatte die Blüte so lange bei sich getragen, bis sie einander begegnen würden? »Woher wusstest du, dass es meine Lieblingsblume ist?«

Er biss sich auf die Lippe und grinste verlegen. »Mr. St. Laurent hat meinem Flehen nachgegeben und mir ein paar Details über dein Leben, deine Vorlieben und Abneigungen verraten.« Aber er hatte James nicht gesagt, dass sie eine Dienerin war? Sie wollte Jonathan umarmen, aber das hätte sie nicht überraschen dürfen. Er war selbst einmal ein Diener gewesen und wusste, wie schwer sie es hatten.

James streckte ihr seine Hand als stumme Einladung entgegen. *Ablehnen. Weggehen. Sei vernünftig.*

Gillian vergrub die Stimme unter einem Anflug von törichter Hoffnung in ihrer Brust. Sie legte ihre Hand in seine, und er führte sie einen Gartenweg hinunter, weg von den Nachbargebäuden und ummauerten Gärten.

»Du kennst jetzt also meine Vorlieben und Abneigungen?«

»Ja. Schauen wir mal.« Er legte ihre Hand auf seinen Arm und brachte ihre Körper noch näher zusammen. »Du reitest gerne, kommst aber nicht so oft dazu, wie du gerne würdest, du liebst Weihnachten, und deine Lieblingsbeschäftigung ist Lesen. Du kannst den Geschmack von Ente nicht ausstehen, und du kannst nicht besonders gut zeichnen oder ein Instrument spielen.«

»Nicht besonders gut? Meine Güte, ihr Herren habt ja so hohe Ansprüche. Was würde ich nicht dafür geben, wie ein Mann gemessen zu werden. Bin ich schlagfertig? Kann ich in der Wirtschaft gut mit Zahlen umgehen?«

James gluckste. »Ich habe immer gedacht, dass die Leistungen einer Frau in der Kunst ein bisschen albern sind. Ich meine, es ist verdammt beeindruckend, die Stickereien meiner Schwester zu sehen, aber es gibt mir nur wenig, worüber ich mit ihr diskutieren kann. Gott sei Dank ist Letty eine Leserin wie du.« Er blickte in ihre Richtung, ein schelmisches Grinsen auf den Lippen. »Wenn du ein Gentleman wärest, was würdest du mit jedem Tag anfangen?«

Sie dachte über die Frage nach. Die Vögel in den Bäumen zwitscherten leise, während der Kies unter ihren Stiefeln knirschte, und sie hatte das unheimliche Gefühl, dass dieser Moment ewig dauern könnte, und das wollte sie auch.

»Ich nehme an, ich würde mir wünschen, im Handel tätig zu sein. Ich bin nicht der Typ, der stillsitzt. Ich würde ein Geschäft eröffnen, eine Buchhandlung, und es würde mir sehr viel Spaß machen, sie zu führen.«

»Das gefällt mir.« James gluckste. Seine volle und tiefe Stimme erinnerte sie nur allzu sehr an die Nacht, in der er mit ihr geschlafen hatte.

»Und du?«, fragte Gillian. »Was würdest du tun, wenn du nicht dein Anwesen leiten müsstest?«

»Das ist ganz einfach. Ich würde in deiner Buchhandlung arbeiten. Ich verspreche, dass ich sehr gut Befehle entgegennehmen kann.« Er zwinkerte ihr zu, und sie errötete.

Als sie eine Treppe erreichten, die zu einer Terrasse hinaufführte, wurde er ernst, als wüsste er, dass sich ihre Wege bald trennen würden. Gillian ging ein paar Schritte nach oben, aber er drehte sie zu sich herum, so dass sie ihn ansah.

»Gillian, ich möchte dich ... *kennenlernen.* Ich denke, wenn du mir die Chance gibst, könnte ich dir den Hof machen. Aber wenn du weiter vor mir wegläufst, werde ich ...« Er nahm ihre Hände in seine. »Fühlst du nicht, was ich fühle?« Er blickte auf ihre Hände hinunter und verschränkte seine Finger mit ihren. »Wenn ich mit dir zusammen bin, ist es, als wäre mein Herz von Feuer und Licht durchdrungen, und doch fühle ich eine Ruhe, die ich nie für möglich gehalten hätte. Sag mir das, irre ich mich? Bin ich der Einzige, der das zwischen uns spürt?« Als er zu ihr aufsah, waren ihre Gesichter auf gleicher Höhe, denn sie war ihm auf der Treppe einen Schritt vorausgegangen.

»Ich ...« Tausend Ja's lagen ihr auf der Zunge, aber sie hatte Angst, sie auszusprechen. Sie konnte nicht zulassen, dass dieser Wahnsinn weiterging. »Es spielt keine Rolle, was ich fühle. Was zählt, ist, dass ich nicht die richtige Frau für Sie bin, Lord Pembroke. Es tut mir leid.«

Das Licht der Hoffnung, das in seinen Augen

brannte, wurde schwächer. Sie wunderte sich, dass er selbst in seinem Kummer noch so gut aussah.

»Wer sagt denn, dass du das nicht bist? Gibt es einen anderen? Wenn ja, dann werde ich ...« Er verschluckte sich an den Worten. »Ich werde nachgeben. Aber wenn du nicht ...«

Sie hätte lügen sollen, ihm sagen sollen, dass sie einem anderen gehörte, aber sie konnte nicht. »Es gibt keinen anderen.«

Seine Augen leuchteten wieder auf, und ihr Herz machte einen Sprung. »Dann empfindest du *etwas* für mich. Würdest du das nicht tun, dann könntest du mein Ansinnen, dir den Hof zu machen, mit Leichtigkeit zurückweisen.«

Gillian konnte ihn nicht täuschen, zumindest nicht, was ihre Gefühle betraf. »Ich gebe zu, dass es meine Gefühle für dich sind, die es mir so schwer machen, dir zu widerstehen.«

Bevor sie reagieren konnte, zog er sie in seine Arme und küsste sie. Die Erinnerung an seine Umarmung, Haut an Haut, kam ihr wieder in den Sinn. Seine Küsse schürten das sanfte Feuer in ihr und brachten es zum Lodern. Nach einem solchen Kuss war sie machtlos, sich zu wehren.

»Bitte. Lass mich dir den Hof machen.« Seine Hand glitt langsam ihre Wirbelsäule hinunter und hielt sie sanft, aber besitzergreifend an sich gedrückt.

»James ...« Sie seufzte seinen Namen, aber es kamen keine weiteren Worte heraus.

»Erinnere mich daran, wie man lebt, Gillian. Gib mir die Chance, es dir im Gegenzug zu zeigen. Das ist alles, worum ich dich bitte. Eine Chance.«

Eine Chance. Eine Chance zu leben. Es war alles, was sie sich je erträumt und erhofft hatte, aber es konnte nie von Dauer sein. Es konnte sich nur um eine schöne Illusion handeln, die eines Tages als Lüge entlarvt werden würde.

»Bitte, meine Liebe.« James küsste sie erneut, mit einer Zärtlichkeit, die ihr die Tränen in die Augen trieb.

»Ich ... Ja ... Du darfst mir den Hof machen.« In dem Moment, als die Worte ihre Lippen verließen, wusste sie, dass sie verdammt war, aber ihr Wunsch, das Leben zu erleben, überwog das Wissen, dass es bald um sie herum zusammenbrechen würde.

Er lachte triumphierend, als er sich zurückzog und sie ansah. »Dann lass uns reiten gehen.«

»Jetzt sofort? Es kommen immer noch weitere Gäste an.«

»Die sind mir verdammt egal. Ich will nur mit dir zusammen sein.« Seine jungenhafte Freude und die Wärme seiner Arme um sie verwirrten ihren gesunden Menschenverstand.

»Ich ... ich nehme an, niemand würde uns vermissen, solange wir nicht sehr lange weg sind.«

»Niemand wird uns vermissen. Das ist der Vorteil

einer großen Hausparty.« Er ergriff ihre Hand, und sie rannten lachend wie Kinder in Richtung der Ställe davon.

Zum ersten Mal in ihrem Leben fühlte sich Gillian frei.

✦

MISS VENETIA SHARPE STAND AUF DER HINTEREN Terrasse von Rochester Hall mit Blick auf die Gärten, und sie erschrak, als sie etwas völlig Skandalöses sah. James Fordyce, der Earl of Pembroke, küsste gerade eine Frau. Er küsste ihr nicht die Hand, und es war auch nicht die etwas gewagte Begrüßung, die die Franzosen mit ihren Wangenküssen praktizieren. Nein, das war eine leidenschaftliche Umarmung mit offenen Mündern und wandernden Händen.

»Großer Gott!« Sie bedeckte ihren Mund. Sie starrte sie noch einen Moment lang an, bevor ihr klar wurde, dass sie sie sehen könnten. Sie duckte sich hinter den Teil des Hauses, der sich in der Nähe der Tür befand, die zurück ins Haus führte. Als sie um die Ecke lugte, sah sie, wie Pembroke und die Frau Hand in Hand in Richtung der Ställe davonliefen. Venetia blickte sich um und sah einen jungen Lakaien in der Tür. Als sie sich ihm näherte, öffnete er ihr die Tür, und sie wies zurück in die Gärten.

»Kennen Sie die Frau, die beim Earl of Pembroke

ist?« Als Tochter eines wohlhabenden Viscounts wusste Venetia, dass die Bediensteten über fast alles im Haus Bescheid wussten und für den richtigen Preis mit Klatsch und Tratsch aufwarten konnten.

Der Lakai blickte auf seine Füße hinunter.

»Kommen Sie schon, Sie müssen es mir sagen. Sie ist ein Gast auf der Party. Ich sollte wirklich ihren Namen wissen, damit ich nicht dumm dastehe, wenn wir uns heute Abend zum Essen treffen.«

Ihre Worte schienen den jungen Mann zu beruhigen. »Das ist Miss Gillian Beaumont.«

»Gillian Beaumont?« Venetia tippte sich ans Kinn. Sie kannte fast jeden, der in London Rang und Namen hatte, und sie kannte nur eine Familie, die den Namen Beaumont trug. Der Earl of Morrey und seine Schwester Caroline.

»Ist sie aus London? Oder kommt sie vom Lande?«, fragte sie den Lakaien. Wieder wandte sich sein Blick von ihr ab.

»Ich weiß es nicht genau, Miss«, sagte er entschuldigend. »Ich bin neu hier, wissen Sie. Ich habe erst letzte Woche angefangen. Ich weiß nur, dass sie Miss Beaumont heißt, weil ich auf sie aufmerksam gemacht wurde. Ich habe geholfen, ihre Reisetasche aus der Kutsche zu holen.«

»Hmm ...« Venetia wandte sich wieder dem Fenster zu und runzelte die Stirn.

Lord Pembroke galt als guter Fang, und Venetia hatte

drei Saisons lang ihr Bestes gegeben, um seine Aufmerksamkeit zu erregen, jedoch ohne Erfolg. Daher war es natürlich sehr beunruhigend zu sehen, wie der Mann, den sie heiraten wollte, eine Frau im Garten küsste, wie ein Mann seine Geliebte küssen würde.

Venetia ballte ihre Hände zu Fäusten, behielt aber ihre Fassung. Sie wusste, was sie zu tun hatte: Sie musste Leticia Fordyce schreiben und sie über das rücksichtslose Vorgehen ihres Bruders informieren. Sie würde auch an Lord Morrey schreiben und sich höflich erkundigen, ob er Cousins auf dem Lande habe. Venetia musste wissen, wer ihre Konkurrenz war. Sie wollte die Countess of Pembroke werden, und sie würde alles tun, um dies für ihre Zukunft zu sichern.

KAPITEL 7

KAPITEL SIEBEN

Gillian lachte, als ihr Pferd vor dem von James durch ein Feld mit Wildblumen und weizenfarbenem Gras galoppierte. Der Spätsommer dieses Jahres zog sich hin und hatte das Feld in Farbe und Leben erstrahlen lassen. Das Donnern von Hufen hinter ihr ließ sie über die Schulter blicken. James saß grinsend auf einem schwarzen Wallach. Ihre Blicke trafen sich, und er schlug mit der Reitpeitsche auf die Flanke seines Pferdes. Das Tier nahm den Befehl sehr ernst, und James raste plötzlich neben ihr her.

»Wer zuerst auf der Straße ist, gewinnt!«, rief er.

Gillian beugte sich über ihr eigenes Pferd, hielt die Zügel fest in der Hand und lauschte dem gleichmäßigen, aber schwerfälligen Atem der Stute.

»Komm schon, du kannst ihn schlagen«, flüsterte sie dem Pferd ins Ohr. Dann gab sie ihrer Stute einen Tritt, und das Pferd beschleunigte seinen Schritt. Gerade genug, um wieder voranzureiten.

Das Ende der Straße kam viel zu früh. Sie lachte, während sie das Pferd zügelte, bis es schnaufend auf der Stelle tänzelte.

James lenkte sein Pferd dicht an ihres heran, so dass sich ihre Knie leicht berührten. »Du hast gewonnen.« Sie hatte sich vom Stallmeister einen normalen Sattel statt eines Damensattels geben lassen, da es für sie bequemer war, die Beine auf beiden Seiten zu stützen. Ihre Röcke waren viel zu skandalös hochgezogen, aber hier draußen konnte sie niemand sehen.

»Ich glaube, du hast ihn zurückgehalten«, sagte Gillian, die vor Aufregung ganz außer Atem war.

»Natürlich nicht! Ein Mann würde niemals freiwillig verlieren.«

»Ein Gentleman vielleicht«, erwiderte sie mit einem wissenden Lächeln. Er war immer der Gentleman bei ihr und würde sie zweifellos gewinnen lassen.

»Vielleicht. Das hängt davon ab, wie sehr er die Dame, gegen die er antritt, mag.« Er lenkte sein Pferd näher an ihres heran und blickte sich dann um. »Warum gehen wir nicht mit ihnen zu dem Wäldchen und lassen sie ein bisschen grasen?«

»In Ordnung.« Gillian wollte absteigen, aber James

war schon aus dem Sattel und griff sanft nach ihrer Taille, um sie zu Boden zu bringen.

Sie blieben einen Moment lang dicht beieinander, die Körper aneinander gepresst, sein Atem wärmte ihre Haut, bevor er sie losließ. James räusperte sich und trat zurück, woraufhin sie sich wieder unter Kontrolle brachte und ihr Kleid abstaubte. Sie führten ihre Pferde zu den Bäumen, die er ihr gezeigt hatte, und legten die Zügel um einen niedrigen Ast.

Sie gingen nebeneinander über die Wiese und sprachen nicht miteinander, während eine Brise das Gras zerzauste. Die weißen Wolken über ihnen blähten und türmten sich. Gillian studierte den Himmel und sah James an. Der Wind kitzelte sein dunkelbraunes Haar, und ein schwaches Lächeln umspielte seine Lippen. Noch nie in ihrem Leben hatte sie etwas so Schönes gesehen wie die späte Nachmittagssonne, die in den schokoladenfarbenen Strähnen seines Haares rote und goldene Nuancen aufleuchten ließ.

Plötzlich griff er nach ihrer Hand. »Erzähl mir etwas über dich, über deine Kindheit.« Sie trug keine Handschuhe, und das Gefühl seiner Haut auf ihrer erinnerte sie an ihre wunderbare Nacht.

»Meine Kindheit?« Sie beobachtete, wie er mit seinem Zeigefinger in verschlungenen Mustern über ihre Handfläche strich. Die Intensität seiner Aufmerksamkeit und die sinnliche, zärtliche Berührung erfüllten ihr Herz mit neuem, verbotenem Verlangen. Sie hatte versprochen, nur eine Nacht mit ihm zu verbringen, aber das Schicksal hatte ihr noch ein paar Tage geschenkt. Könnte sie ein Risiko eingehen und sie genießen?

»Ja. Erzähl mir irgendetwas. Ich will dich unbedingt kennenlernen, dein *wahres* Ich.« Sein Ton war flehend, und sie wollte ihm nichts abschlagen. Sie begegnete seinem Blick mit plötzlicher Angst. Durfte er wissen, dass sie sich als Dame verkleidete?

»Mein wahres Ich?«

»Ja. Jeder hat ein öffentliches Gesicht, aber wer wir sind, wenn wir uns in der Gesellschaft zeigen, ist nicht immer das, was wir wirklich sind.« Seine Beobachtungen der Gesellschaft und der Menschen, die in ihr leben, zeugen von der Tiefe seines Charakters.

»Oh.« Sie biss sich auf die Lippe und fragte sich, ob es vielleicht einen anderen James gab, einen, den sie nie getroffen hatte. »Dann muss ich davon ausgehen, dass das auch für diche gilt. Du solltest zuerst sprechen.«

Sein leises Glucksen brachte sie zum Lächeln. »Immer einen Schritt voraus. Sehr gut.« Er ließ sich entspannt im Gras nieder, und sie setzte sich zu ihm. Das goldene Gras auf der Wiese war so hoch gewachsen, dass es ihnen beim Sitzen bis zu den Schultern reichte, und sie fühlte sich seltsam sicher und vor der Welt verborgen. James hielt immer noch ihre Hand, als er zu sprechen begann.

»Mein Vater liebte Landkarten. Er hat sie gesammelt. Er besaß Landkarten aus aller Welt, und als Junge ging ich oft in sein Arbeitszimmer, um sie mir anzusehen. Er hatte einen großen Globus auf einer Spindel, die ich vorsichtig bewegen konnte, damit sie sich in trägen Kreisen drehte. Ich liebte es, die Kontinente vor meinen Augen fliegen zu sehen, die vergoldeten Schriftzüge der Ländernamen im goldenen Licht aufblitzen zu sehen und ...« Er hielt abrupt inne und schaute zum Himmel.

»Und was?«, drängte sie.

»Ich schloss meine Augen und tat für einen kurzen Moment so, als könnte ich fliegen.« Er zeigte auf einen Vogel, der in der Ferne kreiste. »Einfach so, wie ein Falke, der über die Welt fliegt.« Er schaute sie unter seinen dunkelgoldenen Wimpern an, sein Gesicht war leicht gerötet. »Das klingt dumm, nehme ich an.«

»Nein! Das klingt wunderbar. Ich habe es immer geliebt, die Falken auf der Wiese zu beobachten, wie sie auf der Suche nach Mäusen im Wind zu schweben scheinen. Es ist ein starkes Gefühl, sich vorzustellen, dass man fliegen kann. Selbst Leonardo da Vinci hatte solche Träume. Hast du die Skizzen seines Flugapparats gesehen?«

James nickte. »Das habe ich in der Tat. Ziemlich außergewöhnlich.« Er hob ihre Hand an seine Lippen und drückte ihr einen Kuss auf den Handrücken, bevor er seine Finger darum schloss, als würde er seinen Kuss dort versiegeln.

»Du bist dran«, sagte er und beobachtete sie mit gespannter Aufmerksamkeit.

Ihre Wangen erröteten, und sie spürte einen plötzlichen Kloß im Hals. Sie würde sich nie daran gewöhnen, dass dieser Mann sie auf diese Weise beobachtete, dass er sie als etwas anderes als eine Dienerin betrachtete.

»Mein Vater ...« Sie räusperte sich und versuchte, die Flut von Gefühlen, die er hervorrief, zu verdrängen. »Er war in meiner Kindheit nicht oft da. Er hatte Pflichten, die ihn abhielten. Aber wann immer er da war, hat er es geliebt, mich auszufragen. Er hat dafür bezahlt, dass ich ausgezeichnete Tutoren hatte. Ich wurde nicht auf eine weiterführende Schule geschickt, sondern er wollte, dass ich eine besondere Ausbildung erhalte. Er sagte oft, dass es keinem seiner Kinder, egal welchen Geschlechts, an Bildung mangeln würde.« Sie hielt inne und lächelte ein wenig bei der Erinnerung daran.

»Ein Mann, der an die Bildung der Frauen glaubt. Ich hätte ihn gemocht.«

»Das hättest du«, stimmte sie zu. »Mein Vater wurde aus beruflichen Gründen von meiner Mutter und mir ferngehalten, so dass wir ihn nur ein paar Mal in der Woche sahen. Wir saßen beim Nachmittagstee, und er stellte mir Fragen. Jedes Mal, wenn ich die richtige Antwort wusste, gab er mir ein Stück Ananas. Sie sind so selten, dass wir sie nicht sehr oft essen konnten. Dennoch versuchte er immer, eine zu finden und mitzubringen, wenn er nach Hause kam. Ich weiß noch, wie er immer lachte, wenn die Köchin die Stirn runzelte und murrte, weil sie nicht wirklich wusste, wie sie sie aufschneiden sollte. Sie ist so dick und stachelig.« Sie lächelte und konnte immer noch das Gesicht ihres Vaters sehen, wenn er ihr die Ananasscheiben reichte.

»Er scheint ein wunderbarer Mann zu sein.«

»Das war er«, stimmte sie zu. Ihr Vater hatte nach dem Verlust seiner ersten Frau so viel Kummer gehabt, und er hatte ihre Mutter und sie wirklich geliebt. Sie wünschte sich nur, er hätte ihre Mutter geheiratet, aber das wäre ein Skandal gewesen. Ihre Mutter war in einem Bordell geboren und dazu erzogen worden, Männern zu gefallen. Sie hatte nie die Chance gehabt, ein besseres Leben zu führen als die Mätresse eines Mannes. Aber ihr Vater hatte sie eines Abends in einer Spielhölle getroffen und sie in ihr eigenes glückliches Leben entführt – so glücklich, wie er es für sie einrichten konnte. Sie wandte ihre Aufmerksamkeit wieder ihrer Geschichte zu und versuchte, ihren Herzschmerz zu vertreiben.

»Er hat sich auch immer eine Scheibe abgeschnitten, wenn ich eine Frage richtig beantwortet habe.« Sie lachte. »Ich wünschte ...« Ihre Kehle schnürte sich zu, und einen Moment lang konnte sie nicht weiterreden.

»Was wünschst du dir?« James nahm ihr Kinn in die Hand und drehte ihr Gesicht zu seinem. Die Wahrheit, wer sie wirklich war, wäre ihr fast herausgerutscht, aber sie behielt die Kontrolle.

»Ich wünschte, ich hätte mehr Zeit mit ihm verbringen können, bevor er starb.«

»Wie alt warst du, als er starb?« James strich mit der

Daumenkuppe über ihr Kinn. Sie zitterte, als kleine Hitzepulse in ihr aufloderten.

»Erst fünfzehn. Als er gestorben war, wusste ich, dass sich alles ändern würde. Ich war in einem sicheren kleinen Kokon aufgewachsen, aber als er starb, hatten meine Mutter und ich Schwierigkeiten, weil er kein Geld für uns vorgesehen hatte. Sie war immer empfindlich, und sie hatte nicht die Konstitution, um ohne ihn zu überleben. Sie hat ihn so sehr geliebt.« Sie musste an James' Mutter denken, wie einsam und verloren sie war, wie ihre Krankheit sie viel zu früh aus ihrem Leben gerissen hatte. Obwohl sie so anders war als James, teilte sie mehr mit ihm, als ihr bewusst war.

»Ich war sechzehn, als mein Vater starb«, sagte James leise. »Obwohl meine Mutter noch lebt, fühle ich mich manchmal wie ein Waisenkind. Die Schuldgefühle, die ich dabei empfinde, zerreißen mich manchmal.« Seine Stimme war heiser, als er ihr in die Augen sah, und dann wandte er den Blick ab, als hätte er Angst, ihr zu viel von seinem Herzen offenbart zu haben. Er neigte den Kopf zurück und ließ sich die Sonne aufs Gesicht scheinen. »Wäre es nicht wunderbar, hier einfach so zu bleiben?« Er stützte sich auf die Ellbogen, die gestiefelten Füße an den Knöcheln gekreuzt.

»Ja, das wäre es«, stimmte sie zu. Sie wollte nicht an ihr Leben ohne James denken oder daran, wie es enden würde, wenn die Hausparty vorbei war und sie beide in ihr Leben zurückkehren würden. Eine plötzliche

Verzweiflung erfüllte sie, und sie beugte sich vor und legte eine Hand auf seine Brust.

»Küss mich, *bitte*«, flüsterte sie.

»Ich dachte, du würdest nie fragen.« Er griff nach oben, legte eine Hand um ihren Nacken und zog ihren Kopf zu sich herab. Ihre Lippen trafen sich mit einem göttlichen Feuer, und sie zitterte vor der Süße dieses Gefühls. Ihr Körper erwachte bei seiner Berührung zum Leben und verlangte alles, was er ihr geben konnte. James schien ihren Hunger zu spüren und rollte sie unter sich ins Gras. Er küsste sie mit einer wilden Intensität, und ihre Schenkel fielen auseinander, damit er sich dazwischen niederlassen konnte.

»Letztes Mal habe ich mich beeilt – es ging zu schnell. Diesen Fehler werde ich nicht noch einmal machen«, schwor er. »Du verdienst das Beste, was ein Mann seiner Frau geben kann.«

Seine Frau. Diese beiden Worte ließen ihr Herz in der Brust höher schlagen. Obwohl sie ihm ständig sagte, dass sie nicht zusammen sein könnten, deutete alles in seinem Verhalten darauf hin, dass er sie morgen heiraten würde, wenn er könnte. Sie wagte es nicht, zu lange darüber nachzudenken, wie wunderbar sie sich dabei fühlte, denn sie konnte es nicht zulassen.

Sie schlang ihre Arme um seinen Hals und zog seinen Kopf zu sich herunter. Aber er küsste sie nicht lange. Seine Lippen wanderten über ihren Hals, ihr Schlüsselbein und schließlich zu den Rundungen ihrer Brüste.

Ausnahmsweise verfluchte sie die schützende Schicht ihrer Kleidung, so wie er es auch tat.

»Verdammte Reisekleider«, murmelte er.

Er bewegte sich an ihrem Körper hinunter und schob ihr die Röcke bis zu den Hüften hoch. Leise lachend wühlte er sich durch den Berg von Unterkleidern und Unterwäsche, bis er ihre heiße Mitte fand. Er streichelte ihre empfindliche Knospe und reizte sie unablässig, bevor er schließlich einen Finger in sie einführte und sie mit Lust quälte. Gillian warf ihren Kopf zurück und stöhnte angesichts der köstlichen Invasion. Sie wölbte ihre Hüften und forderte ihn auf, tiefer einzudringen.

»Du bist so zauberhaft«, hauchte er, während er sich über sie beugte. »So sehr, dass es weh tut.« Die Luft zwischen ihnen funkelte wie ein unsichtbarer Blitz, als er sich zu ihr herunterbeugte und sie küsste. Seine Hand war immer noch zwischen ihren Schenkeln, und sie keuchte, gierig auf einen Höhepunkt. Er öffnete seine Hose und bewegte sich wieder über sie, glitt in sie hinein und füllte sie mit jedem Zentimeter aus. Als sich ihre Hüften trafen und er schließlich tief in ihr war, wurden seine Küsse heißhungrig. Seine fordernde Macht über ihren Mund ließ ihren Körper vor Hunger erbeben.

»James, bitte, hör auf, mich nur zu necken.« Sie umklammerte seine Schultern, drückte sich unter ihn und versuchte verzweifelt, ihn zur Bewegung zu bewegen.

»Ich könnte für immer so bleiben«, murmelte er in ihr Ohr. »Du bist die Richtige für mich, meine Liebe. Es kann nie eine andere geben.«

Seine Worte rauschten durch sie hindurch wie ein wundersamer Wind und rissen sie mit einer explosiven Erregung fort. Sie fühlte das Gleiche, den Wunsch, für immer so zu bleiben, es in eine Flasche zu füllen und es für sich zu behalten. *Wenn nur ...*

Die Erkenntnis, dass dieser Moment enden würde, wurde verdrängt, als er begann, sich in ihr zu bewegen. Sie hörte auf, Miss Beaumont oder Gillian, das Hausmädchen, zu sein, und wurde zu einem Wesen mit Gefühl und Emotion, mit Licht und Wärme. Die Rationalität wurde ausgelöscht, als sie ihre Arme um ihn schlang.

Als sich ihre Körper sich vereinigten, pochte die Leidenschaft tief in ihrem Herzen und breitete sich aus, bis sie ihren Kopf bis zum Zerreißen füllte. Mit einem dumpfen Knall zerfiel sie in eine Million glühender Sterne. Doch er hielt nicht inne. Er stieß weiter in sie hinein, während sie um ihn herum bebte und die Folgen in ihrem geheimsten Teil spürbar wurden. Sie konnte das Salz auf seiner Haut schmecken, die Süße seines Mundes, und sie konzentrierte sich darauf, ihn in sich zu halten, sich auf eine Weise mit ihm vereint zu fühlen, wie sie es sich nie hätte träumen lassen. Er kam mit einem leisen Schrei, vergrub sein Gesicht in ihrem Nacken und bedeckte sie mit atemlosen Küssen. Ihre sanften Atemzüge vermischten sich, und sie konnte nicht widerstehen, es auszukosten, obwohl sie wusste, dass es nicht andauern konnte.

»Eines Tages«, keuchte er und versuchte zu Atem zu kommen, »werde ich dich langsam ausziehen und mir Zeit lassen, dich immer wieder in meinen Armen auseinanderbrechen zu sehen.«

Das sanfte Glühen der Freude ihres Liebesspiels wurde durch seine Worte gedämpft.

»Ist das schlimm? Hätte ich nicht ...?« Herr, sie war ein lüsternes Geschöpf, das zu niedrig war. Was musste er von ihr denken, wenn sie so schnell zu erregt war?

»Nein!« Er lachte, als er sich neben sie rollte. Doch als er ihr Gesicht sah, verstummte sein Lachen, und er strich ihr über die Wange. »Nein, es ist wunderbar. Du bist so frei mit mir. Weißt du, wie selten das ist?«

Gillian schüttelte den Kopf. »Du musst mit vielen Frauen zusammen gewesen sein.«

»War ich nicht«, sagte James. »Nicht vollständig. Vor dir gab es nur eine einzige andere Frau.«

»Was?« Sie setzte sich ein wenig auf. Ihre Beine waren immer noch miteinander verschränkt, aber sie versuchte nicht, sich loszureißen.

»Ich nehme an, es ist nicht sehr schurkisch, das zuzugeben, aber ich war vor dir nur mit einer Frau zusammen. Sie war ein Mädchen aus der Nähe meines Anwesens. Ich war ein Junge. Mein Vater war gerade gestorben, und sie tröstete mich. Danach habe ich einfach nie ...« Er hielt inne und schien nach Worten zu suchen. »Ich bin kein Heiliger. Seitdem habe ich die Leidenschaften der Frauen genossen, nur nicht in vollem Umfang. Ich fühlte mich keiner dieser Frauen nahe genug, um mich wieder so zu öffnen. Bis du kamst.«

Gillian starrte ihn an. Sie hatte die letzte Woche damit verbracht, sich einzureden, dass er weiterziehen würde, dass er mit vielen anderen Frauen zusammen sein könnte, dass das, was sie geteilt hatten, nur für sie etwas Besonderes gewesen war.

Ich habe mich so sehr in ihm getäuscht. So sehr.

»Gillian?« Er flüsterte ihren Namen, während sich Sorgenfalten in sein Gesicht brannten. »Was ist los?«

»Ich ...« Sie errötete und legte eine Hand auf seine Brust, um mit den Knöpfen seiner Weste zu spielen. »Ich fühle mich geehrt, dass du das mit mir geteilt hast.«

Schatten verdeckten seine Augen. »Aber du zögerst immer noch, dich von mir umwerben zu lassen?«

»Nein. Ich meine, ich würde gerne, aber es würde nie zwischen uns funktionieren. Du musst mir vertrauen, wenn ich sage, dass ich nicht die Frau sein kann, die dazu bestimmt ist, die Gräfin von Pembroke zu werden.«

»Dann wird es zu meinen Lebzeiten niemals eine Countess of Pembroke geben, nicht, wenn ich dich nicht haben kann. Hör mir zu, Gillian.« Er nahm ihre Wangen in seine Hände, seine Augen und seine Stimme waren so voller Selbstbewusstsein. »Ich bin kein Mann, der sich um seinen Ruf sorgt. Nur weil ich einen Titel habe und in London lebe, heißt das nicht, dass ich mich darum kümmere, für den *ton* gut auszusehen, denn das tue ich nicht.« Er strich mit den Daumenkuppen über ihre Wangen. »Ich bin heute nur in der Hoffnung hergekommen, dich zu finden. Was auch immer deine Befürchtungen sind, ich bin sicher, dass es keine Rolle spielen wird.«

Aber das würde es. Ihm war nur nicht klar, wie sehr. Aber Gillian wusste, dass die Heirat einer Bediensteten mit einem Adligen seinen Ruf schädigen und die Heiratsaussichten seiner Schwester zerstören würde. Alle politischen Ambitionen, die er haben könnte, würden ebenfalls sterben. Er würde ausgestoßen und geächtet werden.

»Wenn du mich nicht *für immer* willst, gibst du mir dann diese Woche auf der Hausparty?«

Eine Woche. Könnte sie dieses Risiko eingehen? Sieben wundervolle Tage mit ihm zu verbringen, so wie eine Dame mit einem Gentleman verbringen würde? Eine Fantasie zu leben, wenn auch nur für eine Weile, in dem Wissen, dass sie nie wieder eine solche Chance bekommen würde? Es war ein Risiko, aber sie wollte es nicht ablehnen. Die Erinnerungen, die sie in einer Woche schaffen konnten, würden sie ein Leben lang begleiten.

Sie nickte. Sie konnte ihn nicht abweisen, *wollte* ihn nicht abweisen.

»Ausgezeichnet«, sagte er und drückte ihr einen Kuss

auf die Stirn. »Bringen wir uns in Ordnung und reiten zurück. Bald gibt es Abendessen, und du wirst Zeit brauchen, dich darauf vorzubereiten.«

Gillian hätte fast gesagt, dass sie nur sehr wenig Zeit benötigte, aber sie konnte nicht vergessen, dass jetzt als Dame Erwartungen an ihr Haar und ihr Kleid gestellt wurden. Sie müsste sich in Bezug auf ihre Frisur und Kleidung von ihrer besten Seite zeigen. Nie war sie dankbarer als in diesem Moment für die schönen Kleider, die Audrey für sich selbst mitgebracht hatte.

»Ja, natürlich.« Sie warf einen letzten sehnsüchtigen Blick über die goldene Wiese und den Wald dahinter, dann wieder zu James. *Ihren* James.

Eine Woche, um so zu tun, als gehöre er mir. Es wird genug sein.

DAS ABENDESSEN WAR AUS JAMES' SICHT EINE furchtbar langweilige Angelegenheit. Er musste den ganzen Abend neben einer jungen Frau aus seinem Bekanntenkreis, Miss Venetia Sharpe, verbringen. Sie war ein nettes Mädchen, aber ihr nackter Ehrgeiz weckte jedes Mal in ihm den Wunsch, einfach davonzulaufen. Er hatte keine Lust, eine Frau zu heiraten, die ihn zu einer politischen Karriere drängte, weil sie dadurch ihren eigenen Status weiter erhöhen würde.

Er suchte Gillian weiter hinten am Tisch, und ihre

Blicke trafen sich kurz. Er lächelte sie an, als er sich daran erinnerte, wie sie sich auf der Wiese geliebt hatten. Ihre Wangen erröteten, und sie erwiderte sein Lächeln, obwohl sie bald darauf den Kopf einzog und sich ihrem Tischnachbarn zuwandte.

»Mylord?« Venetia lehnte sich näher heran, und ihr Parfüm lenkte ihn ab. Es war keineswegs unangenehm, aber es war nicht Gillians süßer Duft nach Rosenwasser und etwas Weiblichem und Natürlichem.

»Äh ... Ja.« Er griff zum gefühlt hundertsten Mal an diesem Abend nach seinem Weinkelch. Schon begannen seine Sinne unsicher zu werden. Er sollte sich glücklich schätzen, wenn er nach diesem Essen noch stehen könnte.

»Ich habe vor kurzem einen Briefwechsel mit Ihrer Schwester Leticia begonnen. Sie ist eine reizende Frau, und wenn wir nach London zurückkehren, hoffe ich, dass Sie beide mit mir einen Ausflug in den Park machen können.«

James war versucht, die Frau für ihren dreisten Versuch zu loben, sich fester mit ihm zu verbinden. Wenn man ihn mit Venetia und seiner Schwester auf einem Ausflug sähe, würden Gerüchte laut werden, dass er das Mädchen wahrscheinlich heiraten würde.

»Das klingt gut. Ich bin sicher, Leticia würde sich freuen, mit Ihnen etwas zu unternehmen.« Sorgfältig vermied er, seine eigene Anwesenheit bei dieser speziellen Aktivität nicht zu bestätigen. Er lehnte sich nach vorne und blickte wieder den Tisch hinunter zu Gillian. Mindestens zwanzig Personen waren in der Rochester Hall bei der Party anwesend.

Gillian saß zwischen Charles Humphrey, dem Earl of Lonsdale, und Jonathan St. Laurent. Sie schien ziemlich lebhaft zu reden, wann immer Jonathan sie ansprach, aber jedes Mal, wenn Charles sprach, errötete sie und blickte hastig zu ihrem Teller zurück.

Ein Anflug von Eifersucht schoss durch ihn hindurch. Der Mann sah gut aus und war äußerst liebenswürdig. Er war einer von James' Freunden, aber er war auch ein verdammter Schurke und ein rücksichtsloser Verführer. James wollte seine Frau nicht in der Nähe eines solchen Mannes haben. Gillian blickte sich um und fing seinen Blick auf, wobei sie ihm ein kleines Lächeln schenkte. Als sie dieses Mal errötete, wusste er, dass es an ihm lag.

Ein Ellbogen stieß ihn in die Rippen. Venetia starrte ihn schockiert an und sah nur allzu unschuldig aus.

»Ich bitte um Entschuldigung.« Da erkannte er, dass das Brummen in seinen Ohren, das ihn gestört hatte, Venetias Stimme gewesen war.

»Mylord, ich *muss* Ihnen wirklich sagen, dass ich es sehr beunruhigend finde, wie abgelenkt Sie sind.« Ihre Worte erregten die Aufmerksamkeit der Gäste um ihn herum, und sein Gesicht erhitzte sich. Auf der anderen Seite des Tisches versuchte Lucien Russell, der Marquess of Rochester, sein Gastgeber, ein Kichern hinter seinem

Weinglas zu verbergen. Seine Frau Horatia sah ihn stirnrunzelnd an, doch dann zuckte sie zusammen und berührte ihren Bauch.

James wusste, dass viele Männer ihre Frauen vor der Entbindung mindestens zwei Monate lang weggeschlossen hätten, aber Lucien hatte das nicht getan. Er hatte James schon früher an diesem Tag gestanden, dass der Gedanke, dass seine Frau zwei Monate lang in einem Bett liegen würde, unerträglich für ihn war. Das würde sie beide in den Wahnsinn treiben.

»Es tut mir wirklich sehr leid«, sagte James zu Venetia. Er war erleichtert, als der nächste Gang aufgetragen wurde und alle auf den reichhaltigen Brotpudding und einen Turm aus roter und blauer Götterspeise blickten. Mehrere Leute applaudierten bei diesem Anblick, und James nutzte die Gelegenheit, um einen weiteren Blick auf Gillian zu werfen.

Zehn Personen trennten sie voneinander, und er konnte es kaum aushalten. Wenn er eine ganze Woche überleben musste, ohne bei einer Mahlzeit neben ihr zu sitzen ... Vielleicht konnte er Horatia überzeugen, die Sitzordnung jeden Abend zu ändern. Das könnte ihm die Möglichkeit geben, wenigstens einmal näher bei Gillian zu sitzen, ohne Miss Sharpe zu beleidigen. Sie hatte es eindeutig auf ihn abgesehen und würde sich nicht abschrecken lassen.

Als sich das Abendessen dem Ende zuneigte, war James bereit, zusammen mit den anderen Herren in den

Billardraum zu flüchten. Er würde einen Weg finden, heute Abend zu Gillian zu gelangen, sobald die Lampen gelöscht und die meisten Bediensteten zu Bett gegangen waren.

Er hielt im Flur inne, als die Damen sich aus dem Speisesaal zurückzogen und zum Salon gingen. Gillian sah in seine Richtung. Er lächelte wieder und versuchte, diesen jungenhaften Anflug von Hoffnung zu ignorieren, der jedes Mal aufkam, wenn sie zurücklächelte.

»Du solltest dich in Acht nehmen, Pembroke«, sagte Lucien, als er zu James in die Halle kam.

James blickte zu Lucien. »Wie bitte?« Der rothaarige Teufel grinste.

»Wie ich sehe, haben Sie ein Auge auf eine Dame geworfen, aber eine andere ist darauf aus, Ihnen die Beine zu fesseln.«

James seufzte und lachte dann. »Die Krallen von Miss Sharpe sind wirklich lang. Ich dachte, ich würde den dritten Gang nicht überleben.«

Lucien klopfte ihm auf die Schulter. »Kommen Sie mit auf ein ein Spiel. Dabei können Sie alles über intrigante Damen vergessen.«

Der Billardraum war voll von Herren, die sich Gläser mit Portwein einschenkten, und mindestens vier Männer standen um eine lackierte Kiste herum und zogen Zigarren heraus. Charles hob eine an seine Nase und schnupperte, dann grinste er und warf sie James zu.

James fing das Ding auf, als er und Lucien sich zu Charles gesellten.

»Ich denke, wir haben eine lange Nacht vor uns«, sagte Charles.

»Wie das?«, fragte James.

»Die Damen werden lange aufbleiben. Sie waren alle ein wenig zu lebhaft. Das bedeutet, dass wir lange aufbleiben müssen, um sie im Auge zu behalten.« In Charles' Tonfall lag ein Hauch von Schalk.

»Stimmt.« Luciens Blick wanderte zur Tür. James wurde klar, dass er an seine Frau und ihren Zustand denken musste.

»Lady Rochester hat noch einen Monat bis zur Geburt, nicht wahr?« James war sich nicht sicher, wie vorsichtig er sein sollte, wenn er über ihren Zustand sprach.

»Bis zur Geburt, ja, aber ...« Die Augen des Mannes waren von Sorge überschattet. »Sie hatte heute Schmerzen, und ich möchte nicht zu weit von ihr entfernt sein.«

»Daher unsere Rolle als Nachtwächter.« Charles gluckste. »Jonathan, bring den Portwein hierher.«

Jonathan holte ein paar Gläser und die Flasche und trug sie auf einem Tablett herüber. Er stellte alles auf dem Tisch neben dem Billardtisch ab.

Lucien griff nach einem leeren Glas und schenkte sich einen kräftigen Schluck Portwein ein. »Ausgezeichnet.«

Die Tür zum Billardzimmer flog auf, und Gillian stürzte schwer atmend herein. Ihre Wangen waren gerötet, und ihr Busen drückte gegen ihr enges Mieder. James runzelte die Stirn. Irgendetwas stimmte nicht. Gillian war nicht die Art von Frau, die in einen Billardraum stürmt.

»Mylord!«, rief sie Lucien zu. »Lady Rochester, ihre Fruchtblase ist geplatzt.« Sie starrte Lucien an, während alle Männer im Raum aufsprangen.

»Horatia?« Das Glas glitt Lucien aus der Hand und zerschellte vor seinen Füßen.

»Das Baby, es kommt zu früh. Sie müssen sofort den Arzt holen.«

»Früh?« Das Wort war ein raues Flüstern. Selbst Männer wussten ein wenig über Babys und dass ein zu früh geborenes Kind ums Überleben kämpfen musste.

»Ja.« Gillian drehte sich zu James um, ihr Blick flehte ihn an, ihr zu helfen. Lucien war zu schockiert, um zu reagieren.

»Was können wir tun?«, fragte James, und sein Herz raste.

»Der Arzt. Wir brauchen den Arzt«, wiederholte Gillian.

»Ich hole ihn«, meldete sich Jonathan.

»Ja, mach dich sofort auf den Weg, Jon«, sagte Charles. »Beeil dich.« Jonathan sprintete aus dem Zimmer. Charles schaute zu James und nickte ihm mit einem stummen Befehl zu, den James sofort verstand.

Sowohl er als auch James packten Lucien an den Armen und setzten ihn mit einem Ruck in Bewegung.

»Komm, alter Junge, lass uns nach oben gehen und sehen, was wir tun können«, murmelte Charles beruhigend zu Lucien. Der einst berüchtigte Schurke, der sich einem Duell gegen seinen eigenen besten Freund gestellt hatte, war nun blass und erschüttert. Die übrigen Männer kehrten zu ihren Getränken und Zigarren zurück, da sie wussten, dass es am besten war, allem aus dem Weg zu gehen, wenn sie nicht aufgefordert wurden.

James, Charles und Lucien folgten Gillian die Treppe hinauf zu einem Schlafgemach.

»Sie ist im Bett und ruht sich aus, Mylord«, sagte Gillian. »Aber sie hat darum gebeten, dass Sie zu ihr kommen.«

James war ein wenig überrascht. Männer hielten sich in solchen Fällen meist zurück, zumindest hatte man ihm gesagt, dass dies das Richtige sei. Aber wenn Lucien für Horatia so empfand wie James für Gillian, dann würde er nicht wollen, dass eine Frau, die er liebte, diesen Moment allein erleben musste.

Lucien zitterte, als er sich zu seinem Freund umdrehte. »Charles, du hast geholfen, als deine kleine Schwester Ella geboren wurde, nicht wahr?«

»Das habe ich.« Charles' sonst so heiteres Wesen war verschwunden. »Es war eine späte Geburt im gebärfähigen Alter meiner Mutter, und wir befürchteten, dass weder sie noch Ella überleben würden. Ich hatte das

Glück, mitzuerleben, wie das gemacht wurde, und ich habe von einem der Dienstmädchen gelernt, wie man hilft.«

»Könntest du hier helfen, bis der Arzt kommt? Wir haben hier niemanden, der für Geburten ausgebildet ist. Meine Mutter ist zu Besuch bei meinem Bruder Lawrence und seiner Frau Zehra in London. Ich möchte nicht, dass Horatia das alleine durchsteht, wenn du weißt, was zu tun ist.«

»Natürlich.« Charles und Lucien betraten das Schlafgemach und schlossen die Tür.

Gillian wandte sich an James.

»Was kann ich tun?«, fragte er sie. »Es muss etwas geben.«

Sie nickte. »Die Lakaien sollen kochend heißes Wasser und so viele saubere Tücher wie möglich bringen. Und eine Klinge, die im Feuer gereinigt worden ist. Das werden wir brauchen, wenn das Baby bald kommt.«

Er schluckte schwer. »Ein Messer?«

»Ja. Es gibt eine Nabelschnur, die durchtrennt werden muss, wenn das Kind da ist.«

»Richtig ... Nun, ich hole das Messer und den Rest.« Er packte sie an den Hüften und drückte ihr einen harten, verzweifelten Kuss auf die Lippen, bevor er zu den Bediensteten lief.

KAPITEL 8

KAPITEL ACHT

Gillian berührte ihre Lippen, verloren in dem plötzlichen Ansturm von Gefühlen, die sie in James' Kuss spürte. Dann ließ ein Schrei aus dem Zimmer hinter ihr sie wieder dorthin eilen. Horatia hockte neben dem Bett, nur mit einem Nachthemd bekleidet und stöhnte.

Lucien ergriff eine ihrer Hände, sein anderer Arm lag auf ihrem unteren Rücken. Sie keuchte und stieß mehrere schnelle Atemzüge aus, ehe sie sich wieder entspannte. Audrey stand in der Nähe und rang unruhig die Hände.

»Tut es sehr weh?«, fragte Audrey ihre ältere Schwester.

»*Ah!*« Horatia drückte Luciens Hand ganz fest.

Er zuckte zusammen. »Bei Gott! Woher nimmt eine Frau diese Kraft?«

»Ich denke, man kann mit Sicherheit sagen, dass es sehr weh tut«, sagte Charles zu Audrey. »Warum schaust du nicht, ob wir nicht ein paar Eiswürfel oder kalte, in Wasser getränkte Tücher bekommen können?«

»Richtig.« Audrey wandte sich an Gillian. »Hast du das gehört?«

»Ja, Mylady, ich kann sie holen«, versicherte Gillian ihr.

»Danke.« Audrey umarmte sie und drehte sich dann wieder zu ihrer Schwester um.

»Ich glaube, ich muss mich hinlegen ... Luft holen«, keuchte Horatia. Lucien half ihr auf das Bett. Sie lag einen Moment lang auf der Seite, bevor sie stöhnte und sich dann auf den Rücken rollte und die Beine hochlegte. Gillian beeilte sich, ihre gespreizten Beine mit einer Decke zu bedecken.

»Lucien, hast du einen Gebärstuhl vorbereitet?«, fragte Charles.

»Nein, wir waren nicht bereit.« Luciens Gesicht war blass wie Marmor.

»Das ist in Ordnung.« Charles sah zu Horatia. »Du kannst bei der Geburt auf der Seite liegen, wenn dir das lieber ist. Wenn du das Bedürfnis hast, zu pressen, dann tu das«, sagte Charles. »Wenn du wieder aufstehen und herumgehen willst, werden wir dir dabei helfen«, wies er an. Da war eine Zärtlichkeit, die Gillian bei dem Earl of

Lonsdale noch nie gesehen hatte. Normalerweise konzentrierte er sich darauf, Frauen zu verführen und in Schwierigkeiten zu geraten, wenn auch nicht unbedingt in dieser Reihenfolge, aber im Moment konzentrierte er sich ausschließlich darauf, Horatia bei der Geburt eines gesunden Kindes zu helfen.

Lucian nahm neben Horatia Platz. Er hielt eine ihrer Hände, strich ihr das Haar aus dem Gesicht und murmelte ihr leise etwas zu. Charles ging zu Horatias anderer Seite, hielt ihre freie Hand und überprüfte seine Taschenuhr. Gillian trat nach draußen und traf dort auf ein paar Dienstmädchen, die im oberen Stockwerk warteten.

»Wir brauchen Eis aus dem Eishaus, in Stücke gebrochen, kaltes Wasser und Tücher.«

»Ja, Miss.« Die Zofen machten einen Knicks und eilten davon. Als Gillian wieder hereinkam, schauten Audrey und Charles in ihre Richtung.

»James und ein paar Dienstmädchen lassen die Sachen hochbringen, die wir brauchen.«

Charles seufzte müde. »Gut. Denn das Baby kommt schnell. Der Arzt kommt vielleicht nicht rechtzeitig, und wir müssen bereit sein, das Kind ohne ihn zu entbinden.«

»Wir alle?«, fragte Audrey mit weit aufgerissenen Augen. So furchtlos sie auch war, Gillians Herrin war in Bezug auf Blut ein wenig zimperlich. Dies hier würde nicht leicht für sie sein.

»Audrey, du *musst* bleiben«, flehte Horatia. Dann wurde ihr Körper von einer besonders schmerzhaften Wehe erfasst.

»Natürlich werde ich das tun«, versprach Audrey, obwohl ihr Gesicht aschfahl war.

Charles steckte seine Uhr ein und schaute zu den anderen.

»Es ist nur wenig Zeit zwischen ihren Schmerzen«, sagte Charles und berührte Horatias Gesicht und Stirn. »Horatia, hast du den ganzen Tag schon Schmerzen gehabt?«

Sie biss sich auf die Lippe und nickte. »Ja, ich dachte nur, das Baby sei unruhig und strampelt. Ich wusste nicht, dass es schon kommt, das wurde mit erst kurz nach dem Abendessen klar.«

»Das ist in Ordnung. Babies kommen manchmal ohne Vorwarnung. Wie geht es dir?«

Horatia keuchte. »Als ob ich pressen müsste ...«, endete sie mit einem Stöhnen, und ihr Körper beugte sich vor. Dann entspannte sie sich und sah Lucien keuchend an. »Das Kinderzimmer, hast du die Wiege fertig? Haben sie die Kleidung schon fertig?«

»Ja«, versprach Lucien und drückte ihr einen Kuss auf die Hand. »Ich hätte wissen müssen, dass du so schnell bereit bist, unser Kind zu bekommen. Wie konnte ich das übersehen?« Er neigte den Kopf, sein rötliches Haar glänzte im Feuerschein. Gillian hatte in diesem Moment

Mitleid mit ihm, weil sie wusste, wie sehr er sich um seine Frau und sein Kind fürchtete.

»Wissen? Woher sollte er das wissen?«, fragte Audrey Gillian.

»Manche Frauen wissen intuitiv, dass das Baby kommt, und versuchen, alles vorzubereiten. Es ist ein bisschen wie bei den Vögeln, wenn sie im Frühjahr mit dem Nestbau beginnen.«

»Oh.« Audrey starrte ihre Schwester an und zog die Brauen zusammen. Gillian berührte Audreys Arm.

»Es wird alles gut«, sagte Gillian und betete, dass es so sein würde. Eine Frühgeburt konnte sowohl für die Mutter als auch für das Kind schwierig und gefährlich sein.

»Horatia, wenn du das Bedürfnis hast, zu pressen, dann presse. Gillian, ich brauche dich hier«, sagte Charles.

Gillian kam zum Bett, und Charles zeigte auf Horatias Beine.

»Zieh die Decke runter und beobachte sie für mich. Halte ihre Beine offen, und ich sage dir, worauf du achten musst. Normalerweise würde eine Frau auf der Seite entbinden, aber ich glaube, Horatia fühlt sich auf dem Rücken wohler.«

»Ja, Mylord.« Gillian kniete sich vor Horatias Beine und zog die Decken weg.

»Ich habe Angst«, sagte Horatia plötzlich, und ihre

Knie begannen sich zu schließen, aber Gillian hielt ihre Knie fest und offen. Dann sah Gillian zu Lucien.

»Lenken Sie sie ab, Mylord. Das könnte helfen.«

»Ablenken ...?« Luciens Stimme schwankte einen Moment, dann streichelte er Horatias Gesicht. »Erinnerst du dich an die Nacht im Mitternachtsgarten, als wir über die Sterne sprachen?«

Horatia lachte, obwohl der Klang angespannt war. »Ja. Ich erinnere mich, dass ich mich bei dir so sicher gefühlt habe.«

Lucien glucкste. »Du warst sicher, sehr sicher. Du weißt, dass ich alles tun würde, um dich zu beschützen.«

Ein weiterer Wehenschmerz setzte ein, und Horatia zischte und richtete einen rachsüchtigen Blick auf Lucien. »Du hast mir das angetan! Oh!« Sie fasste sich an den Bauch und entspannte sich kurz darauf wieder ein wenig.

Horatia schaute ihren Mann an. »Es tut mir leid, ich wollte nicht ... Ich weiß, dass du nur helfen willst. Ich würde dasselbe für dich tun.«

»Ich weiß, Liebes, ich weiß. Und du bist auch im Moment sehr sicher. Charles weiß, was zu tun ist, und Gillian weiß es auch.«

»Erzähl mir eine Geschichte«, bat sie Lucien. »Eine gute.«

Er schenkte Horatia ein Lächeln. »Habe ich dir jemals davon erzählt, wie Cedric und ich eines Nachts dabei erwischt wurden, wie wir uns in unsere Zimmer in

Cambridge zurückschlichen? Wir konnten kaum noch laufen von den nächtlichen Ausschweifungen und schleppten eine Statue von Sir Isaac Newton, die wir von einem anderen College gestohlen hatten ...«

Und so entspannten sich alle im Raum, als Lucien ihr von seinen Possen während des Studiums erzählte und Horatia sich beruhigte. Jedes Mal, wenn sie einen Wehenschmerz hatte, hielten alle im Raum den Atem an, bis er vorbei war.

Gillian entspannte sich, während Lucien die Aufmerksamkeit seiner Frau behielt. Charles wies Gillian an, auf den Kopf des Kindes zu achten. Als ein Fleck dunkler Farbe zum Vorschein kam, wollte Gillian vor Erleichterung weinen.

»Ich kann es sehen! Das Baby!«

Charles beugte sich über das Bett neben Horatia und ergriff ihre andere Hand. »Gut.« Gillian wusste, dass er Schmerzen haben musste, denn Horatias Finger hinterließen böse rote Spuren auf seiner Haut, als sie drückte, aber er beschwerte sich nicht.

»Lucien, halte ihre Hand, lass sie nicht los.«

»Das werde ich nicht«, antwortete Lucien, ohne den Blick von seiner Frau abzuwenden.

Mit den Fingerknöcheln der anderen Hand strich Charles über die Stirn von Horatia. »Nun, Horatia, presse, wenn du kannst, und presse richtig *kräftig*. Zeit ist jetzt wichtig. Du hast schon zu lange Wehen, und wir wollen nicht, dass das Kind stecken bleibt und vielleicht erstickt.«

»Ersticken?« Horatia und Lucian zischten schockiert.

»Ja, also solltest du verdammt nochmal pressen!«, sagte Charles entschieden.

Horatia verzog ihr Gesicht zu einem Knurren mit einem gutturalen Schrei und presste.

James und ein Lakai eilten die Treppe hinauf, ein erhitztes Messer, Wasser und Handtücher im Arm. Horatias nächster Schrei zerriss die Luft, und James wäre beinahe gestolpert, fing sich aber, als er die oberste Treppenstufe erreichte. Als er Luciens Zimmer erreichte, stürmte er fast hinein, besann sich aber eines Besseren und klopfte an. Audrey öffnete die Tür, ihr Gesicht war weiß, als sie dem Lakaien die Gegenstände abnahm. Als sie das Messer sah, ruckte sie nur mit dem Kopf, damit James eintreten konnte.

»Ich denke nicht, dass ich ...«

»Meiner Schwester ist es im Moment egal«, warf Audrey ein. James folgte ihr mit gesenktem Blick, bis er Gillian zu Füßen von Horatia entdeckte.

Verdammt nochmal ...

Charles eilte zu James und schnappte sich das Messer. »Mach dich bereit, das Baby aufzufangen, Gillian.«

James drückte sich an die Wand, fühlte sich nutzlos und im Weg, aber er konnte sich nicht überwinden, zu gehen. Er war auf Gillian fixiert, die unter das Zelt von Horatias mit einem Nachthemd bekleideten Beinen griff und plötzlich ein kleines, blauhäutiges Baby herauszog. Sie war klebrig, ein wenig blutig, und es bewegte sich nicht. Er wusste nicht viel über Kinder, aber hätte es nicht weinen müssen?

»Ich brauche ein Handtuch«, sagte Gillian und sah sich um.

James war endlich in der Lage, sich zu bewegen, und eilte im selben Moment wie Charles mit dem Messer zu ihr hinüber. James hatte einen Moment lang einen kindlichen Anflug von Zimperlichkeit und schloss die Augen, während Charles die Nabelschnur durchtrennte und Gillian das Baby mit den Handtüchern einwickelte und dann das Blut sanft von seinen winzigen Zügen entfernte.

»Ist es in Ordnung?« Horatias schwache Stimme kam vom Bett. »Es ist kein Weinen ...«

Gillian hielt den anderen das Baby hin und war unsicher, was sie tun sollte. James sah am blauen Gesicht des Babys und an den leisen Zischlauten, die es von sich gab, sofort, dass es nach Luft rang. Charles nahm das Bündel aus Gillians Armen und hielt das Kind fest, flüsterte ihm etwas zu und drückte es an seine Brust. James schloss sich ihm an, beugte sich vor, um das Kind zu beobachten, und betete leise vor sich hin.

»Komm schon, Kleines. Atmen. *Kämpfen.*« Jakobus ließ seine ganze Kraft in das Kind einfließen. Sein Gesicht war so klein, die winzigen Hände ballten sich zusammen und lösten sich wieder, während seine kleine Lunge nach Luft rang. Alle im Raum schwiegen, bis auf Horatia, die plötzlich zu weinen begann. Luciens Blick war hin- und hergerissen zwischen seiner Frau und dem Kind im Arm von Charles.

»Komm schon«, knurrte Charles und blickte auf das Kind hinab. »Komm schon, *atme.*«

»Bitte, Kleines, kämpfe!« James atmete aus vollem Herzen.

Plötzlich verkniff sich das kleine Baby das Gesicht und stieß einen ohrenbetäubenden Schrei aus. James entspannte sich; das entsetzte Schreien eines Babys war das Willkommenste, was er den ganzen Tag über gehört hatte.

»Wenn er so schreien kann, hat er eine gute Chance«, sagte Charles erleichtert. Er ging zum Bettpfosten hinüber und lehnte sich dagegen, das Kind immer noch im Arm. Horatia und Lucien machten große Augen und waren besorgt, als Charles ihnen das Baby übergab.

»Er?«, fragte Lucien.

»Das Kind ist ein Junge. Du bist ein Vater.« Charles grinste. »Und ich habe gerade zehn Pfund von Jonathan gewonnen.«

»Verdammt, das bedeutet, dass ich Godric mindestens dreißig schulde«, sagte Lucien. »Ich war mir sicher, dass es ein Mädchen ist. Nur Mädchen machen so viel Ärger.«

Horatia ließ ihren Kopf stöhnend in die Kissen zurückfallen. »Ihr dummen Männer habt auf mein Kind gewettet? Meint ihr etwa, das war nur zum *Spaß*?«

Charles und Lucien sahen zu Boden.

»Nun, bis zu diesem Moment hat es ziemlich viel Spaß gemacht«, gab Lucien zu.

Horatia zischte. »Warte, bis ich wieder bei Kräften bin. Du verdienst einen ordentlichen Tritt in den Hintern!«

»Sprache, meine Liebe, Sprache. Wir wollen doch nicht das empfindliche Gehör unseres neuen Babys verletzen.«

Charles schnaubte. »Gott, er hat keine Chance, mit der Liga der Schurken als seine Onkel.« Der Graf blähte seine Brust vor Stolz auf. »Warte nur, bis die anderen ihn sehen! Was für ein starker Junge er sein wird!«

James konnte sich ein Grinsen nicht verkneifen, als er ihren Scherzen zuhörte. Er ging näher an Lucien heran.

Lucien starrte staunend auf das Kind hinunter. »Er wird der Stärkste von allen sein. Nicht wahr, mein lieber Junge?« Dann küsste er den Kopf des Kindes, bevor er es in Horatias Arme legte. Sie lehnte sich gegen das Bett. Trotz ihrer offensichtlichen Erschöpfung und Frustration lag ein Lächeln auf ihren Lippen.

»Danke, danke an euch alle«, sagte sie zu all jenen,

die sich im Raum aufhielten. »Ihr habt ihn gerettet. Ihr habt uns beide gerettet. Ich weiß nicht, was passiert wäre, wenn ...«

James nickte nur. Er hatte einen Kloß im Hals. Er sah Lucien und Horatia, wie sie ihren Sohn im Arm hielten, und dann sah er Gillian, die sie beobachtete und sich mit einer Hand den Mund zuhielt. Als sie den Blick abwandte, trafen sich ihre Augen, und beide hielten inne.

»Würden Sie draußen auf mich warten? Ich muss mich um Ihre Ladyschaft kümmern, sie muss noch eine Nachgeburt zur Welt bringen, dann bin ich gleich draußen.«

»Natürlich«, versprach er und trat hinaus. Doch irgendetwas nagte in seinem Hinterkopf. Etwas, das sie gesagt hatte.

Nach einer halben Stunde öffnete sich die Tür, und Gillian kam heraus. Als sie ihn sah, erhellte sich ihr Gesicht mit einem müden Lächeln.

»Geht es der Mutter und dem Kind noch gut?«, fragte er.

Sie nickte. »Sobald der Arzt eintrifft, werden wir sicher sein. Einem Frühchen wie ihm stehen ein paar schwierige Wochen bevor, aber wenn sie ihn warm hält und seine Wiege in die Sonne stellt, wird er es wohl schaffen. Meine Mutter hat immer gesagt, dass die Sonne viele Kinderkrankheiten heilen kann.«

»Dem Herrn sei Dank.« James öffnete seine Arme,

und Gillian trat dazwischen und vergrub ihr Gesicht an seiner Brust. Ihr Körper zitterte an seinem, und er erkannte, dass sie Horatia sehr nahe stehen musste, um sich so sehr um sie zu sorgen. James drückte sein Kinn auf ihren Scheitel.

Er war sich nicht sicher, wie lange er sie festhielt, aber schließlich hörte er sie sagen: »Bringst du mich ins Bett?«

James lächelte vor sich hin. »Es wäre mir das größte Vergnügen.«

Er nahm sie bei der Hand, und sie schlichen die Treppe hinunter zu seinem Schlafgemach im Westflügel. Er hatte vor, heute Abend mit ihr zu schlafen und sich dabei endlich Zeit zu lassen.

❧

GILLIAN VERSUCHTE, NICHT ZU ZITTERN, ALS JAMES die Tür schloss und den Riegel einrasten ließ. Als er sich zu ihr umdrehte, lächelte er.

»Diesmal habe ich es nicht eilig.« Seine Stimme war sanft und neckend.

»Ich will nicht, dass du das tust.« Sie bot ihm ihren Rücken an, und er stellte sich hinter sie, seine Hände legten sich auf ihre Hüften, bevor sie langsam zur Schnürung ihres Kleides hinaufglitten. Er fuhr mit den Fingern unter die Bänder. Seine sanfte Berührung reizte sie.

»Vielleicht möchtest du dich ein *bisschen* schneller bewegen?«, schlug sie vor, ihre Stimme war atemlos.

James' leises Glucksen ließ ihre Haut vor Erwartung kribbeln. Er beugte sich herunter und drückte ihr einen Kuss auf die nackte Schulter.

»Dann eben ein bisschen schneller.« Er knabberte an ihrem Hals, während seine Finger an ihrem Kleid zupften. Er rutschte bald als Pfütze zu ihren Füßen. Sie schlüpfte aus ihren Unterröcken und arbeitete dann an ihrem Korsett. Sie konnte nicht widerstehen, sich nach hinten zu lehnen und ihren Hintern an ihm zu reiben, während sie das Korsett fallen ließ.

»Herr, wie du mich in Versuchung führst«, knurrte er.

Gillian erschauderte vor Verlangen bei dem grollenden Geräusch. Er war immer so kontrolliert, so gentlemanlike, aber wenn er mit ihr zusammen war, wie jetzt, schien er immer kurz davor zu sein, diese Kontrolle zu verlieren, und das gefiel ihr. Es bedeutete, dass er nichts vor ihr verbarg - er war einfach er selbst. Er war ihretwegen so geworden.

Sie drehte sich zu ihm um, nur mit ihrem Unterhemd bekleidet, und griff nach seinem Halstuch. Er ergriff ihre Hände und drückte ihr Küsse auf die Handflächen.

»Wenn ich zulasse, dass du mich ausziehst, werde ich mich nicht mehr zurückhalten können, und ich will, dass du gesättigt und erschöpft bist, lange bevor ich mich mit dir vergnüge.« Sein Lächeln wurde geradezu teuflisch, und Gillian konnte die Flut feuchter Hitze zwischen ihren Schenkeln nicht aufhalten.

»Ist das so?« Sie neigte ihren Kopf und bot ihm ihren Hals an. Er leckte sich über die Lippen, fasste sie an der Taille und setzte sie auf dem Bett ab. Sie fiel zurück und genoss es, wie er sich auf sie stürzte. James umschloss sie mit seinem Körper, während er sich an ihren Hals schmiegte. Dann lehnte er sich zurück und hob ihr Unterhemd hoch und von ihrem Körper.

Unter ihm gefangen zu sein, völlig nackt, gab ihr das Gefühl, sehr verletzlich zu sein, aber keine Angst zu haben. Das Zusammensein mit ihm hatte sie nie mit Angst erfüllt.

James umfasste eine ihrer Brüste, seine Hand streichelte die empfindliche Spitze. Gillian wölbte ihren Rücken und drückte ihre Brust noch stärker in seine Handfläche. Er gab ein leises Stöhnen von sich. Seine Hüften schaukelten gegen sie, und sie konnte den harten Druck seiner Erregung zwischen ihren Schenkeln spüren.

»James, ich will nicht, dass du langsam machst.« Gillian klammerte sich an seine Arme und zerrte an dem feinen weißen Stoff seines Hemdes.

»Was ist es, das du willst?«, fragte er, umfasste nun ihre andere Brust und massierte sie, bevor er sich hinunterbeugte und die Brustwarze in seinen Mund nahm. Das Gefühl seines Mundes auf ihrer Haut ließ sie wimmern. Scharfer Hunger stach zwischen ihren Schenkeln, der Schmerz ihrer Gier stieg auf einen Fieberpegel.

»Ich brauche dich! Sei nicht sanft, nicht dieses Mal«, flehte Gillian. James zerrte an seiner Weste und seinem Hemd und zog seine Hose gerade soweit herunter, dass er sich befreien konnte. Gillian griff nach unten, nahm seinen Schaft und führte ihn.

Der Stoß ging tief, so tief, dass sie hätte schwören können, ihn überall gleichzeitig spüren zu können, als gäbe es keinen Teil von ihr, der nicht mit ihm verbunden wäre.

»Sieh mich an«, sagte er. »Ich möchte deine Augen sehen.« James zog sich zurück und stieß wieder und wieder zu. Gillian stieß einen zittrigen Atem aus, als sie seinen Blick festhielt.

Sie liebten sich wie wild, als ob die Welt um sie herum bald untergehen könnte. Die Wellen der Ekstase steigerten sich zu einem Tempo, das mit ihren schnell schlagenden Herzen übereinstimmte. Es war etwas, das Gillian noch nie erlebt hatte, diese verzweifelte Vereinigung von Körpern. Das Gefühl seiner Augen auf ihr, die sie verschlangen, während er sie auf eine Weise in Besitz nahm, die ihr ein wildes und doch sicheres Gefühl gab.

Die Turbulenzen ihrer Gefühle heute Abend, das Gespräch von James mit dieser Frau während des Abendessens, und dann zu sehen, wie Horatia und ihr Kind in Gefahr waren und James das Baby im Arm hielt, weil er wollte, dass es lebte ... Sie war in einen Zustand der Verzweiflung getrieben worden, ein Hunger, mit ihm zusammen zu sein, auf eine Art und Weise, die sie niemals bereuen würde, auch wenn es nicht von Dauer sein konnte. Alle Vorbehalte, die sie hatte, sich noch ein paar Tage mit ihm zu versagen, waren überwunden.

»Ah!« Sie keuchte in süßer Agonie, als ein Höhepunkt durch sie hindurchschoss. Sekunden später flüsterte James ihren Namen, ein Ausdruck von Staunen und Schock auf seinem Gesicht, als er losließ.

Er senkte seinen Kopf, bis seine Stirn die ihre berührte, und schloss schwer atmend die Augen.

Gillian hielt ihn fest, ihre Arme schlossen sich um seinen Körper. Er war so ein guter Mann, ein wunderbarer Mann, ein Mann, in den sie sich hoffnungslos verliebt hatte.

»Geht es dir gut?«, fragte er mit tiefer, rauer Stimme. »Ich habe dir nicht wehgetan?«

»Nein«, versicherte sie ihm. »Das war bemerkenswert.« Sie strich mit den Fingerspitzen über seinen Nacken und spielte mit seinem dunklen Haar.

»Das fühlt sich gut an.« Er drehte sich, so dass sie sich auf die Seite rollten. Er schob sich die Hose vom Leib und entledigte sich seiner restlichen Kleidung, bevor er half, die Bettdecke zurückzuziehen, und sie beide darunterkletterten.

»Ich versuche immer wieder, dich langsam zu verführen«, sagte er und lächelte sie an.

»Vielleicht brauche ich nicht *langsam*?«

»Hmm.« Er schürzte die Lippen, und sie kicherte. »Soll ich die Kerzen ausmachen?«

»Noch nicht. Ich möchte hier in deinen Armen liegen und dich ansehen.« Gillian schmiegte sich an seinen schlanken, muskulösen Körper und umklammerte ihn wie die größte Kostbarkeit.

»Das will ich dir auf keinen Fall verwehren.« Er schlang einen Arm um sie und verschränkte den anderen hinter seinem Kopf. Sie lagen ein paar Augenblicke schweigend da, bevor sie sprach.

»Ich hatte heute Abend solche Angst um Horatia und ihr Kind.« Sie hielt den Atem an, weil sie Angst hatte, so etwas zu gestehen. Was, wenn er nicht darüber sprechen wollte?

»Die hatte ich auch. Ich habe noch nie eine Geburt miterlebt. Es war ziemlich erschreckend.«

»Ich war schon einmal dabei. Bei einer Nachbarin, die neben meiner Mutter und mir wohnte, setzten die Wehen ein, und wir halfen, bevor der Arzt eintraf.«

»Du sprichst nicht sehr oft von ihr«, sagte James.

»Von wem?« Gillian hob ihren Kopf, um ihn anzusehen, und legte ihr Kinn auf seine Brust.

»Deine Mutter. Würdest du mir von ihr erzählen?«

Gillian schwieg einen langen Moment und drückte ihm einen Kuss auf die Brust, bevor sie sprach.

»Ich habe sie sehr geliebt, aber sie war nicht stark. Sie entschied sich, mit meinem Vater zusammen zu sein, weil sie glaubte, dass es ihr einen gewissen Vorteil verschaffen würde, was eine Zeit lang auch der Fall war, aber nach seinem Tod wusste sie nicht, was es kosten würde, allein zu leben.«

»Hat dein Vater nichts zum Leben für euch hinterlassen?«

»Ich bin sicher, dass er das irgendwann vorhatte, aber er hat uns vor seinem Tod nie etwas davon erzählt.« Das entsprach nicht ganz der Wahrheit. Ihr Vater hatte ihr vor seinem Tod ein kleines Vermögen vermacht, aber er konnte ihnen nicht das gesamte Anwesen oder auch nur einen kleinen Teil davon hinterlassen, ohne dass der neue Erbe, ihr Halbbruder, die Macht hatte, die Großzügigkeit ihres Vaters rückgängig zu machen. Gillian schluckte heftig und fuhr fort.

»Ich war vernünftig, bin immer vernünftig gewesen, und ich habe einen Weg gefunden, zu überleben, aber sein Tod hat meine Mutter sehr mitgenommen, und sie ist an den Folgen gestorben. Manchmal ...« Tränen brannten in ihren Augen, und sie hielt inne. James fuhr mit den Fingern durch ihr Haar. Die Berührung war wohltuend, und sie zwang sich, weiterzureden.

»Manchmal fühle ich mich erleichtert, dass ich keine Lasten mehr trage, dass ich mich nur noch auf mich selbst verlassen muss. Aber gleichzeitig hasse ich es, diese Erleichterung zu spüren.«

Er strich ihr über die Wange, und sein Lächeln wandelte sich in ein trauriges. »Ich weiß, wie du dich fühlst. Ich liebe meine Mutter, aber manchmal fühle ich, wie mich die Last der Sorge um sie erdrückt. Und ich denke daran, dass die Frau, die sie war, die Frau, die ich geliebt habe, nicht mehr da ist und kaum noch eine Hülle übrig ist, und ich vermisse sie. Da fühle ich mich innerlich so verdammt leer.«

Er hielt inne, seine Stimme wurde leiser. »Dr. Wilkes hat mich letzte Woche davon überzeugt, sie auf mein Anwesen auf dem Land zu schicken. Er macht sich Sorgen, dass sie stürzen könnte. Ich wollte das nicht, aber sie braucht einen sichereren Ort, einen mit weniger Treppen. Wenn ich an all das denke, wird mir ganz eng in der Brust. Das macht das Atmen schwer. Die einzige Zeit, in der ich meine Sorgen vergesse, ist, wenn ich bei dir bin. Es ist, als ob ich wieder atmen könnte.« James' Ernsthaftigkeit zerrte an Gillians Herz. Sie empfand dasselbe für ihn.

Sie bewegte sich an seinem Körper hinauf, bis sie Nase an Nase lagen, und sie küsste ihn, ließ all ihren Kummer, ihre Freude, *alles* von ihren Lippen auf seine fließen. Wie könnte sie diesem Mann etwas abschlagen? Er war ihre Welt. Für den Moment.

Aber vielleicht war das im Moment alles, was sie brauchte.

KAPITEL NEUN

Letty Fordyce wartete nervös in der Eingangshalle des Stadthauses des Grafen von Morrey. In ihrem Täschchen trug sie einen Brief voller anzüglicher Gerüchte, aber Letty brauchte Antworten, und dies war vielleicht der einzige Ort, an dem sie sie bekommen konnte.

Der Butler erschien. »Ich entschuldige mich für die Wartezeit. Seine Lordschaft wird Sie jetzt empfangen.«

Letty folgte dem Diener in ein Zimmer im zweiten Stock. Sie betrat den Salon und war von der allgemeinen Attraktivität des Mobiliars beeindruckt. Der Earl of Morrey hatte einen guten Geschmack. Eine Gestalt erhob sich von einem Stuhl, als sie tiefer in den Raum kam. Der Mann war groß, hatte dunkles Haar und markante graue Augen, die ihr die Knie weich werden ließen, als er sie anlächelte. Sein Gesicht war auch attraktiv, sehr sogar, aber es waren seine Augen, die ihre Aufmerksamkeit erregten. Sie erinnerten sie so sehr an jemanden, aber sie konnte nicht genau sagen, wer es war.

»Lady Letticia?« Seine Stimme war leise und sanft, und der Tonfall seiner Rede enthielt einen Hauch von Vertrautheit und Intimität, der sie erschaudern ließ. Er sprach wie ein Liebhaber - nicht, dass sie wusste, wie ein Liebhaber klingen sollte, aber die in ihrer Fantasie klangen so, *lächelten* so.

Oh je ...

»Mylord, es tut mir schrecklich leid, Sie zu stören, denn wir haben uns bis zu diesem Moment noch nicht richtig kennengelernt.« Sie versuchte, das plötzliche Flattern in ihrer Brust zu beruhigen. Wann hatte ein Mann ihr jemals ein so seltsames Gefühl gegeben? Vielleicht lag es daran, dass es das erste Mal war, dass sie diesem Mann begegnete, und an der Unbeholfenheit, die hinter ihrer Anfrage steckte - das musste es sein.

»Es ist alles in Ordnung. Bitte setzen Sie sich. Sagen Sie mir, warum Sie gekommen sind. Ich gebe zu, dass Ihr Brief heute Morgen sehr interessant war. Was ihm an Details fehlte, machte er durch ein Gefühl des Geheimnisvollen wett.«

Sie ließ sich auf die Couch sinken, und er nahm seinen Platz auf dem Stuhl ihr gegenüber wieder ein.

»Das wird eine ziemlich unangenehme Frage -

zumindest fürchte ich, dass sie es sein könnte. Kennen Sie eine Frau mit dem Namen Gillian Beaumont?«

Morreys scharfer Blick wurde plötzlich weicher. »Gillian?« Er sprach den Namen leise aus, als hätte ihn ein Geist aus der Vergangenheit besucht.

»Ja. Sie müssen wissen, mein Bruder, der Earl of Pembroke, hat seit kurzem eine *Neigung* für diese Frau. Sie sagte, ihr Name sei Gillian Beaumont. Ich bin ihr vorher nie begegnet, und sie gehört nicht zum *haute ton*. Sie sind der einzige Beaumont, den ich kenne. Ich dachte, sie sei vielleicht eine entfernte Cousine oder eine Verwandte vom Land. Ich möchte nur mehr über sie erfahren, für den Fall, dass die Zuneigung meines Bruders zu ihr wächst.«

Morrey schwieg einen Moment.

»Ich kenne nur eine einzige Frau namens Gillian Beaumont.«

»Und sie ist eine Verwandte?«, fragte Letty hoffnungsvoll. Sie mochte Gillian sehr, aber ein Brief, der an diesem Nachmittag von einer Bekannten, Venetia Sharpe, an sie gerichtet angekommen war, hatte einige Bedenken geweckt. Venetia hatte angedeutet, dass James und Gillian in einer unangemessenen amourösen Umarmung an einem sehr öffentlichen Ort gesehen worden waren.

»Nein, keine Cousine. Sie ist, glaube ich, das uneheliche Kind meines verstorbenen Vaters.«

»Was?« Letty starrte Morrey an, fassungslos über seine offene Antwort.

»Es tut mir leid, Mylady. Ich hätte mit mehr Taktgefühl antworten sollen. Ihren Namen zu hören, hat mich schockiert. Wissen Sie ...« Er hielt inne, seine Augen waren ernst. »... ich suche sie schon seit mehreren Jahren.«

Lettys Griff um ihr Täschchen wurde fester. »Sie haben *nach ihr gesucht*?« Sie verstand nicht.

Morrey stand auf, ging zum Kamin und stützte sich mit einer Hand auf den Sims. »Obwohl unsere Bekanntschaft erst wenige Minuten alt ist, vertraue ich mich Ihnen an, Lady Letticia, denn ich möchte Sie um Hilfe bitten.« Er blickte sie an, ein reumütiges Lächeln umspielte seine Lippen. »Meine Mutter starb, als ich noch sehr jung war, und meine Schwester war noch ein Kind. Die Einsamkeit meines Vaters war groß, und er suchte Trost bei einer Geliebten, einer Frau namens Elizabeth Brookstone. Sie stammte nicht aus dem Adel, sondern war die Tochter eines Mannes, der in eine schwierige Lage geraten war. Als mein Vater im Sterben lag, gestand er die Affäre und die Existenz eines Kindes, Gillian. Er erzählte mir, dass er vorhatte, ihnen eine Immobilie zu hinterlassen, die ihnen ein kleines Einkommen verschafft hätte, aber er war zu krank, um seinen Anwalt aufzusuchen, um diese Änderungen vorzunehmen. Ich habe versucht, rechtzeitig einen Mann zu unserem Haus zu schicken, aber er kam erst eine Stunde nach dem Tod meines Vaters. Als mein Vater im Sterben lag, bat er mich, mich um sie zu kümmern. Aber in meiner Trauer nach seinem Tod ...« Morrey hielt inne. »Ich habe versagt. Als ich bereit war, sie zu suchen, waren meine Halbschwester und ihre Mutter bereits verschwunden, und ich hatte keine Informationen, wo ich sie hätte finden können. Ich erfuhr, dass die Geliebte meines Vaters gestorben war und meine Schwester ein Dienstverhältnis eingegangen war, aber ich konnte sie nicht finden. Vor all den Jahren nahm ich an, dass sie den Namen Brookstone trug wie ihre Mutter, aber jetzt weiß ich, dass sie den Namen Beaumont angenommen haben muss. Es ist möglich, dass mein Vater bei ihrer Geburt darauf bestanden hat. Ich weiß es ehrlich gesagt nicht.«

»Sie ging ein Dienstverhältnis ein?«, fragte Letty.

»Ja. Als Dienstmädchen.«

Ihr Bruder war in eine Dienerin vernarrt? Es dauerte einen Moment, bis Letty dies verarbeitet hatte. Aber je mehr sie darüber nachdachte, desto mehr Sinn ergab es. Gillian war nervös, zögerlich, zaudernd gewesen, doch Letty und James hatten ihr ihre ersten Interaktionen aufgezwungen.

Sie versuchte, uns zu meiden. Sie wusste, dass es sich nicht gehörte, aber wir flehten sie an, mit uns zu Gunter und in die Buchhandlung zu kommen. Letty konnte Gillian ihre Täuschung nicht vorwerfen, aber wie hatten sie und James ihre Bekanntschaft auf der Hausparty der Rochesters erneuert? Gillian hatte sich doch nicht immer noch als Dame verkleidet?

»Sie sagen, Sie wissen, wo sie jetzt ist?« Morrey verließ den Kamin und kam zu ihr herüber.

Sie musste sich zurücklehnen, um zu ihm aufzuschauen. *Mein Gott, ist der groß.* »Ich glaube schon, ja. Sie befindet sich auf dem Landsitz des Marquess of Rochester.«

»Aber Sie wissen nicht, wo sie danach sein wird?«

Letty schüttelte den Kopf.

Morrey seufzte. »Ich kenne Rochester, aber nicht gut genug, um unangemeldet bei ihm aufzutauchen. Schon gar nicht während einer Party.«

»Wenn mein Bruder ...« Letty hielt inne. »... auf irgendeine Weise mit ihr verbunden ist, wird er sicher wissen, wie er sie erreichen kann. Ich könnte mich für Sie erkundigen.«

Morrey nahm ihre Hände in seine, und sie genoss die Wärme dieser Berührung. Morrey hatte etwas an sich, das sie verzauberte. Es war nicht nur die elegante Linie seines Kiefers oder das leuchtende Silber seiner Augen. In seinem Gesicht lag ein Hauch von Wärme, der vermuten ließ, dass sie sich in seinem Lächeln verlieren würde, wenn er lächelte.

»Bitte schreiben Sie mir, sobald Sie es wissen. Ich sehne mich danach, sie zu treffen, um mein Versprechen gegenüber meinem Vater zu erfüllen.«

Letty starrte auf ihre miteinander verbundenen Hände, bevor er sie langsam losließ.

»Stört es Sie nicht, dass sie unter solchen Umständen geboren wurde? Dass sie mehrere Jahre im Dienst verbracht hat? Die meisten Männer würden nichts mit ihr zu tun haben wollen, weil sie glauben, dass es einen schlechten Eindruck auf ihre Familie macht.« Letty hoffte, dass er ein Mann war, der zu seinem Wort stand und Gillian wirklich helfen wollte.

Morreys Lippen verzogen sich. »Ich kann das Mädchen nicht dafür verurteilen, dass es geboren wurde. Mein Vater sorgte sich eindeutig sowohl um die Mutter als auch um das Kind. Ich bin Mensch genug, um die Versuchung und ihre Folgen zu verstehen. Wenn ich es gewesen wäre, hätte ich gewollt, dass sich jemand um die Frau kümmert, die ich geliebt habe, und auch um die Kinder, unabhängig von den Umständen ihrer Geburt.« Er lächelte leicht. »Wenn ich da draußen eine zweite Schwester habe, möchte ich sie kennenlernen.«

Lettys Kehle schnürte sich zu. »Das ist unglaublich nobel von Ihnen.«

Er gluckste. »Nobel? Ich würde eher hoffen, dass es mich menschlich macht. Gott weiß, dass ich bei weitem nicht so edel bin, wie ich es gerne wäre.«

»Ich werde schreiben, sobald ich Neuigkeiten habe«, versprach sie.

Morrey begleitete sie bis zur Eingangstür seines

Hauses, hielt aber ihre Hand fest, bevor sie gehen konnte.

»Ist Ihr Bruder in meine Halbschwester verliebt?«, fragte er.

»Ich glaube schon.«

»Und sie liebt ihn?«

Letty zuckte mit den Schultern. »Das kann ich nicht sagen. Bei unserem ersten Treffen schwor sie, dass sie nichts mit ihm anfangen wollte. Daher ist es rätselhaft, dass sie gemeinsam auf der Hausparty sind.«

Morrey schien ihre Gedanken zu spüren. »Sie sind mit der Verbindung nicht einverstanden?«

»Es ist nicht so, dass ich *etwas dagegen habe*, aber er kennt sie nicht, er kennt ihre Vergangenheit und ihre Lebensumstände nicht. Eine Beziehung braucht Wahrheit, um zu überleben. Und ich fürchte, die Situation würde James' Ansehen schaden. Wir sind aus einem adligen Haus und können einen Skandal verkraften, aber ich bin mir nicht sicher, ob wir es verkraften könnten, wenn er ein Dienstmädchen heiratet. Was ich am meisten bezweifle, sind ihre Motive, wenn sie eine solche Scharade fortsetzt, falls dies tatsächlich der Fall ist. Sobald ich mehr weiß, kann ich mir eine bessere Meinung bilden. Ich möchte kein vorschnelles Urteil fällen, aber mein Bruder James ist zu gutmütig. Ich werde nicht zulassen, dass eine vermögensgierige Dienerin diese Freundlichkeit ausnutzt, wenn sie keine echten Gefühle für ihn hat.«

»Ich verstehe.« Morrey betrachtete einen Moment lang die Straße hinter ihr, bevor er zu ihr zurückblickte. »Ich hoffe, dass sich etwas ergibt, wenn sie sich wirklich lieben.«

»Das tue ich auch, Lord Morrey, das tue ich auch.«

Letty wollte niemanden der Liebe berauben, aber ein Skandal könnte mehr als nur den Ruf von James und Gillian zerstören. Ein Skandal könnte auch Lettys Zukunft zerstören.

❧

DREI GLORREICHE TAGE WAREN AUF DER HAUSPARTY vergangen, und Gillian war noch nie so glücklich gewesen. Sie ignorierte das Geflüster in ihrem Hinterkopf, dass das alles ein Ende haben würde, und konzentrierte sich stattdessen auf die Gegenwart. Sie und James saßen in der Bibliothek und lasen Seite an Seite, ihre rechte Hand verschränkt mit seiner. Die übrigen Gäste verteilten sich im Haus und auf dem Gelände und verbrachten ihre Freizeit, wie es ihnen beliebte. Gillian hatte versucht, James zurück ins Bett zu locken, aber er lachte nur und sagte ihr, dass selbst die schlimmsten Schurken solche Dinge erst nach Einbruch der Dunkelheit tun würden. Sie spürte, dass er sie necken wollte, aber sie wusste nicht, wie sie es ihm heimzahlen könnte. Sie wünschte sich, sie könnte so sorglos sein wie er und die Welt so vielversprechend sehen. Doch die Realität ihrer Lebensumstände würde sie nur allzu bald wieder einholen.

James beugte sich vor und küsste sie auf die Wange, und der sanfte Druck seines Mundes auf ihr ließ sie erschaudern. Sie lehnte sich näher an ihn heran.

»Vielleicht können wir ja doch mein Bett benutzen.« Er kicherte, doch dann erstarrte er und blickte zum Fenster hinter ihnen.

»Was ist?« Sie wollte sich umdrehen, aber James war bereits aufgestanden.

»Ein Reiter kam gerade zum Haus. Ein Reiter, der die Livree *meiner* Familie trägt.«

Sie folgte ihm, als er zu den Türen der Bibliothek schritt und in den Korridor eilte.

Warum sollte ein Reiter aus Pembroke hierher kommen? Laut James war es eine zweistündige Reise mit dem Pferd.

Gillian hielt inne, als James vor ihr die Eingangshalle erreichte, gerade als ein Lakai von Rochester die Eingangstür öffnete. Sie konnte sich nur einen einzigen Grund vorstellen, warum ein Reiter hierher kommen sollte. Ein sehr schrecklicher Grund. Gillian eilte den Korridor entlang, um James zu erreichen, als ihm der Bote einen Brief überreichte. James riss das Wachssiegel auf und entfaltete das Pergament, seine Augen überflogen die hastig hingekritzelten Zeilen, bevor er plötzlich taumelte und sich mit einer Hand an der Wand abstützte.

»James, was ist passiert?« Sie erreichte ihn und ergriff seinen anderen Arm, um ihn zu stützen. Er schluckte schwer und blinzelte, seine Augen waren übermäßig hell.

»Meine Mutter ... sie liegt im Sterben. Ich muss sofort aufbrechen.«

Gillian konnte seinen Schmerz spüren, als wäre es ihr eigener. »Sterben?«

»Sie hat eine Lungenentzündung. Dr. Wilkes sagt, dass sie schnell schwächer wird. Wir haben nicht viel Zeit.« Seine Hände zitterten, als er den Brief einsteckte.

In diesem Zustand konnte er auf keinen Fall alleine reisen, aber er würde auch nicht hier bleiben.

»Ich werde mit dir kommen. Ich könnte eine Kutsche bereitmachen lassen«, schlug sie vor.

James schüttelte den Kopf. »Wir haben keine Zeit für eine Kutsche. Ich muss reiten, das geht viel schneller. Und du darfst nicht von hier weggehen. Es wäre nicht angemessen für ...«

»Verdammt sei der Anstand. Warum müssen die Dinge mit dem Adel immer so kompliziert sein? Sie ist deine Mutter und du liebst sie, und ich liebe dich, also muss ich mit dir gehen.«

Beinahe hätte sie sich den Mund zugehalten. Hatte sie das laut gesagt? Er drehte sich zu ihr um, war einen Moment lang fassungslos und packte sie an den Schultern. »Du liebst mich?«

Es hatte keinen Sinn, es zu leugnen. »Ja, aber jetzt ist

nicht der richtige Zeitpunkt für solche Erklärungen. Wir müssen sofort aufbrechen.«

Der Schmerz in seinem Blick traf sie, aber sie wich nicht zurück. Wenn man einen Menschen liebte, musste man sich seinen Drachen stellen und alles daransetzen, sie zu töten.

»Bring zwei Pferde her«, sagte James zu einem wartenden Lakaien, und der Junge eilte los. Sie und James gingen nach draußen, um zu warten, und zum Glück mussten sie nicht lange warten.

Draußen kamen zwei Stallknechte mit den gewünschten Pferden in Sicht. Gillian sprach schnell mit einem Lakaien namens Will, den sie kannte.

»Erzählen Sie Audrey alles, was passiert ist. Und entschuldigen sich bei seiner Lordschaft in unserem Namen dafür, dass wir seine Pferde genommen haben. Wir werden dafür sorgen, dass sie so schnell wie möglich zurückgegeben werden.«

»Natürlich. Seien Sie vorsichtig!«, sagte Will und eilte zurück ins Haus.

Gillian bestieg ihr Pferd mit Hilfe eines der Knechte und hängte ihre Röcke hoch über ihre Knie. Verdammt seien die Konsequenzen.

James stieg auf sein Reittier und sah nach, wie Gillian zurechtkam. »Fertig?«

Sie nickte. »Ich werde mithalten, versprochen.«

Sie ritten in einem so rasanten Tempo, dass Gillian das Atmen schwer fiel. Die Dämmerung kroch über den

Himmel und raubte ihm Stück für Stück das Licht. Gillian befürchtete, dass sie das Licht verlieren würden, bevor sie James' Haus erreichten, aber das Glück war ihnen hold. Sie ritten eine Schotterstraße entlang, die zu einem wunderschönen Schloss führte. Das frühe Mondlicht beleuchtete ihren Weg, als sie und James an den Gärten vorbeikamen und an den Steinstufen anhielten, die zu einer großen Eichentür führten. Gillian rutschte vom Pferderücken, ihre Beine und ihr Rücken schmerzten von den Stunden im Sattel und der Anspannung der Situation. Ein Lakai eilte ihnen entgegen.

»Wo ist sie?«, fragte James.

»Im Porzellanzimmer. Dr. Wilkes und Lady Letticia sind bei ihr.«

James schlüpfte an ihm vorbei in den Flur. Gillian folgte ihm. Sie hatte nur einen Augenblick Zeit, die schöne Welt zu betrachten, die James sein Zuhause nannte, die flämischen Wandteppiche, die Marmorstatuen und die dicken orientalischen Teppiche. Er rannte fast, als er die Tür erreichte und sie aufstieß. Gillian war direkt hinter ihm, erstarrte aber beim Anblick seiner Mutter, die im Bett lag. Dr. Wilkes und Letty hielten sich in der Nähe auf und starrten überrascht auf sie und James.

»Du bist gekommen.« Letty verschluckte sich beinahe an den Worten und stürzte sich auf ihren Bruder, um ihn zu umarmen.

Gillians Kehle schnürte sich zu, und sie schlüpfte

wieder in den Flur hinaus. Wenn er sie brauchte, würde er nach ihr rufen, aber sie würde sich nicht in etwas so Persönliches einmischen, wenn sie nicht darum gebeten würde. Aber sie würde so lange warten, wie er sie brauchte, und sie würde für ihn da sein.

KAPITEL 10

KAPITEL ZEHN

James kniete an der Seite seiner Mutter und hielt ihre Hand fest. Ihr Atem war flach und ihre Augen glasig, aber sie hatte ihren Kopf in seine Richtung gedreht, als er den Raum betrat.

»Mein Junge.« Die Worte kamen in einem leisen Flüsterton über ihre Lippen.

»Ich bin hier, Mutter, ich bin hier.« Er strich mit den Fingerknöcheln über ihre Wange und spürte das Fieber, das seine Fingerspitzen erfasste. Sein Körper und seine Seele füllten sich mit knochentiefem Entsetzen.

»Wo ist dein Vater?«, fragte seine Mutter. »Ich will ihn sehen.«

James' Herz blutete. Seine Mutter konnte sich immer

noch nicht erinnern, konnte diesen Abschnitt ihres Lebens nicht hinter sich lassen, als sein Vater noch lebte.

»Er ist ... er ist auf der Jagd, Mutter. Ich bin sicher, dass er bald zurückkommt.« Zum hundertsten Mal wünschte er sich, dass sein Vater wirklich auf der Jagd wäre, dass er nie gestorben wäre. Ein weiterer Schluchzer entkam Letty, als sie sich auf der anderen Seite ihrer Mutter hinkniete und ihr Gesicht in der Bettwäsche vergrub.

»Letty«, murmelte ihre Mutter und strich mit ihrer Hand über Lettys dunkles Haar. »Ich glaube, euer Vater hat sich verspätet ...« Lady Pembroke klang trotz ihrer Müdigkeit amüsiert. »Wahrscheinlich haben sie sich in der Jagdhütte ausgeruht ...« Ihre Augen leuchteten plötzlich auf, und James drückte ihre Hand fester. »Ich sollte ihn suchen gehen. Manchmal mag er es, wenn ich ihn abhole ...« Sie lächelte schwach, ihre Augen waren auf etwas gerichtet, das er nie sehen würde, und dann verblasste das Licht, ihre Lider schlossen sich, und sie entschwand friedlich.

James sah zu, und sein Herz zerbrach, als er seine Mutter anstarrte. Es sah so aus, als würde sie nur schlafen.

Letty begann zu weinen. Dr. Wilkes kam zum Bett und hob das Handgelenk von Lady Pembroke an. Nach einem Moment legte er es vorsichtig wieder ab und seufzte schwer.

»Mylord, es tut mir sehr leid.« Dr. Wilkes kam zu ihm

herüber und legte ihm sanft die Hand auf die Schulter. James konnte den Schmerz kaum unterdrücken. Er wollte schreien, wüten, die Stille um ihn herum auslöschen. Er starrte das Gesicht seiner Mutter an, stand auf und zog Letty zu sich. Er hielt seine Schwester fest im Arm und wünschte, er könnte ihren Schmerz in sich aufnehmen.

»Es ist alles in Ordnung«, sagte er und küsste ihren Scheitel. Aber es war nicht in Ordnung. Sie hatten ihre Mutter zu früh verloren, genauso wie sie ihren Vater verloren hatten. Und er war nicht da gewesen, hatte nicht auf seine Mutter aufgepasst. Er war auf irgendeiner albernen Hausparty gewesen.

Als Letty in seinen Armen endlich zur Ruhe kam, zog sie sich zurück und sah ihn an, ihre Augen waren rot und ihr Gesicht glänzte von Tränenspuren.

»James, ich ...« Sie biss sich auf die Lippe und hielt inne.

»Warum gehst du nicht auf dein Zimmer und ruhst dich aus. Ich werde mich jetzt um Mutter kümmern«, versprach er.

Sie nickte, immer noch zitternd, als sie den Raum verließ. Er drehte sich zu Dr. Wilkes um, sein Verstand und sein Herz für den Moment ein wenig betäubt. Schon bald würde er sich seinem Schmerz stellen müssen, aber er musste noch eine Weile die Fassung bewahren.

GILLIAN SPANNTE SICH AN, ALS LETTY AUS DEM Zimmer kam. Ihre Blicke trafen sich.

»Ist sie ...?«

»Ja.« Letty schniefte, Tränen glänzten auf ihren Wangen. »Mein Bruder hat versprochen, sich um sie zu kümmern.«

»Und das wird er. Er liebt euch beide so sehr.« Gillian wollte etwas sagen, irgendetwas, das helfen könnte, aber sie wusste anhand von Lettys Gesichtsausdruck, dass es nicht das Richtige war.

Letty wischte sich die Tränen ab. »Meine Mutter ist gerade gestorben. Glaubst du nicht, dass du meinem Bruder die Wahrheit darüber schuldest, wer du wirklich bist? Wenn das ein Spiel ist, das du spielst, um einen Titel und Geld zu bekommen, werde ich nicht zulassen, dass du James verletzt. Nicht nachdem wir unsere Mutter verloren haben.«

»Die Wahrheit?«, echote Gillian, ihr Herz pochte gegen ihre Rippen. Letty wusste es - irgendwie hatte sie entdeckt, wer sie wirklich war. In ihrem Magen bildete sich ein Knoten der Angst.

»Ja. Die *Wahrheit*. Wenn du ihm nicht selbst sagst, wer du wirklich bist, werde ich es tun. Und dann kannst du ihm erklären, was du wirklich willst und warum du ihn getäuscht hast.« Lettys Warnung hallte noch lange im Flur nach, nachdem sie davongeeilt war.

Gillian drückte ihren Rücken gegen die Wand neben der Tür. Wie hatte sie das herausgefunden?

Nach einer Viertelstunde öffnete sich die Tür, und James betrat den Korridor. Er drehte sich zu ihr um, und seine Augen - diese schönen braunen Augen, die ihr Herz mit Liebe erfüllten - waren voller Leere.

»Gillian ...« Er öffnete seine Arme, und sie stürzte zu ihm und hielt ihn fest.

Nimm meine Liebe, nimm meine Kraft, betete sie.

James' Körper bebte gegen den ihren, wie ein festes Steinhaus, das vom Donner eines fernen Gewitters vibrierte.

»Es tut mir leid«, flüsterte er gebrochen. »Es tut mir leid, ich kann nicht ...«

»Entschuldige dich nicht. Ich bin hier.« Sie drückte ihm einen Kuss auf den Hals und drückte ihn an sich.

Eine ganze Weile später wischte James sich die Tränen aus den Augen. Mit einem traurigen Lächeln seufzte er. »Ich weiß nicht, wie ich dir dafür danken soll, dass du mich heute begleitet hast.« Er reichte ihr seine Hand, und sie legte ihre Handfläche in seine.

»Du brauchst mir nicht zu danken. Ich wollte für dich da sein.«

Er holte zittrig Luft. »Es ist so seltsam, aber ich fühle eine schreckliche Erleichterung, dass sie gestorben ist. Ich habe sie sehr geliebt, von ganzem Herzen, aber ...« Er rang nach Worten, und sie drängte ihn nicht. »Als sie sich nach und nach verlor, Tag für Tag, als sie verschwand, hatte ich bereits begonnen, mich zu verabschieden. Es war, als hätte ich mich schon vor Jahren auf diesen Tag vorbereitet.« Er strich mit dem Daumen über ihren Handrücken. »Klingt das verrückt?«

»Nein«, sagte Gillian. »Das Schwierigste, was wir als Kinder erleben, ist der Verlust eines Elternteils. Es ist nicht leicht, sie zu verlieren, ohne sich zu verabschieden, und noch schwerer ist es, zu wissen, dass das Ende naht, und zu spüren, dass man sie verliert, während sie noch atmen. Ich wünschte, ich könnte mehr tun, um dich zu trösten.« Sie lehnte sich wieder an ihn und umarmte ihn heftig, und er umarmte sie zurück. Dieser eine Moment war etwas, das sie nie vergessen würde, sie und James, die zusammen gegen eine Welt standen, die entschlossen schien, ihre Herzen auf Schritt und Tritt zu brechen.

Deshalb liebe ich ihn, diesen starken, mutigen Mann, der mir sein Herz geöffnet hat. Wie könnte ich nicht?

Er küsste ihren Scheitel, und sie trennten sich langsam. James räusperte sich und sah schüchtern aus. »Ich glaube, wir könnten etwas Tee gebrauchen, und ich muss einen Brief an Lord Rochester schreiben, in dem ich unsere abrupte Abreise erkläre.«

Er bemühte sich, ruhig zu bleiben; das konnte sie sehen. Er wollte seinen Schmerz verbergen und sich normal verhalten, obwohl sein Herz gebrochen war. Sie würde ihn nicht zwingen, sich seinem Schmerz zu stellen; er würde dies tun, wenn er dazu bereit war.

»Mach dir keine Sorgen um Lord Rochester. Ich habe

einem Lakaien eine Nachricht hinterlassen, als wir abreisten. Warum suchen wir uns nicht ein ruhiges Plätzchen zum Reden?«, schlug sie vor.

»Äh ... Ja.«

Er führte sie in einen wunderschönen blau-gelben Salon, wo sie am Feuer saßen und einen langen Moment nicht miteinander sprachen. Gillian nahm sich die Zeit, sich einzuprägen, wie das Licht in seinem dunklen Haar tanzte und diese verborgenen Schattierungen von Wärme zum Vorschein brachte. Seine Hände ruhten auf den Knien, und er starrte mit leerem Blick in die Flammen.

»James, ich weiß, es ist der ungünstigste Moment, um eine solche Angelegenheit anzusprechen, aber ...« Sie räusperte sich. »Es ist an der Zeit, dass du die Wahrheit über mich erfährst. Ich möchte, dass du es von mir erfährst, von niemandem sonst.« Das Letzte, was sie tun wollte, war, ihm noch mehr Schmerzen zu bereiten, aber Letty würde es ihm sagen, wenn sie es nicht tat.

»Gillian, du musst nicht ...«

Sie hielt eine Hand hoch. »Ich schulde dir die Wahrheit, James. Von dem Moment an, als wir uns in Madame Ellas Modehaus trafen, hätte ich ehrlich zu dir sein sollen.«

Er starrte sie nun an, mit einem besorgten Blick in den Augen, als ob er ahnte, dass ihr Geständnis das Ende bedeuten würde.

»Ich bin nicht die, für die du mich hältst. Ich

wünschte von ganzem Herzen, ich wäre es, aber ich bin es nicht.«

Er legte den Kopf schief. »Was meinst du damit? Sprich nicht in Rätseln.«

»Ich bin keine Lady. Ich bin …« Sie musste tief Luft holen, um sich zu stärken. Sie konnte nicht einfach sagen, sie sei ein Dienstmädchen. Das würde die Sache noch viel schlimmer machen. Stattdessen entschied sie sich für einen weniger direkten Weg der Erklärung. »Mein Vater war Lord Morrey.«

Seine Augen weiteten sich. »Dein … aber … Morrey hatte einen Sohn und eine Tochter, Lord Adam Beaumont und Lady Caroline, seine Schwester.«

»Ich bin auch die Tochter des verstorbenen Lord Morrey. Nach dem Tod seiner Frau nahm er sich eine Geliebte.« Sie wartete und fragte sich, ob sie es sagen müsste oder ob er es tun würde.

»Du bist unehelich geboren?«

Sie biss sich auf die Lippe, denn sie wusste, dass sie fortfahren musste. »Nach dem Tod meines Vaters musste ich mich selbst und meine Mutter versorgen, aber sie starb nicht lange nach meinem Vater, und ich nahm ein Dienstverhältnis an.«

James räusperte sich. »Wenn du sagst *Dienstverhältnis*, dann meinst du …«

»Ich war und bin immer noch ein Dienstmädchen. Für Audrey Sheridan.«

Seine Augen waren dunkel und unergründlich, und er sagte nichts. Schweigen entstand zwischen ihnen.

Sie räusperte sich und fuhr fort. »Ich wollte dich nie täuschen. An dem Tag, als wir uns zum ersten Mal bei der Modistin trafen, war ich damit beauftragt worden, Miss Sheridans neueste Bestellung anzuprobieren. Wir beide sind ungefähr gleich groß, und du ...« Sie konnte nicht weitersprechen, aber in James' Augen war deutlich zu sehen, dass er durchaus realisierte, wie unschuldig der Betrug begonnen hatte. »Ich habe versucht, mich von dir fernzuhalten, aber du hast mich wieder angezogen wie das Meer das Ufer.«

Sobald sie sich kennengelernt hatten, war es nicht mehr aufzuhalten gewesen. Erst jetzt wurde ihr klar, dass die Anziehungskraft zwischen ihnen immer bestehen würde, zumindest für sie, und sie wusste mit wehmütiger Gewissheit, dass sie jeden Tag, den sie ohne ihn leben musste, die Anziehungskraft in ihrem Herzen spüren würde.

»Ein Dienstmädchen.« Er starrte sie an, sein Gesicht war ausdruckslos.

Er ist wütend. Das muss er auch sein. Ich habe ihn getäuscht. Wie könnte er mich nicht verachten?

Sie hob ihr Kinn ein wenig an und versuchte alles, um nicht zu weinen. »Ja. Möchtest du, dass ich gehe?«

»Gehen?« Er blinzelte, als ob er aus einer Trance erwachen würde. »Gillian, ich liebe dich. Das Letzte, was ich will, ist, dass du gehst, aber ...«

Aber ... Wie dieses eine Wort wie ein furchtbares Feuer in ihrem Herzen brannte.

»Aber«, fuhr er fort, seine Stimme noch immer heiser vor Rührung, »meine Mutter ist gerade verstorben, und obwohl ich dich morgen heiraten würde, muss ich mich um die Beerdigung kümmern, und wir müssen noch eine ganze Weile warten. Die Trauerzeit muss eingehalten werden. Es wird sowieso schon genug geklatscht, aber wenn wir warten, wird es helfen.«

Diesmal war es Gillian, die blinzelte. »Du willst mich heiraten?«

»Natürlich.« Er stand auf, ging zum Kamin und kehrte wieder zurück.

»Aber das kannst du nicht. Ich bin nicht einmal die Tochter eines Gentleman.« Es war sein Kummer, der sich verzweifelt an etwas oder jemandem festhalten wollte. Er hatte nicht vor, sie zu heiraten - er konnte es nicht. Das war Wahnsinn, das war inakzeptabel.

»Du bist die Tochter eines Grafen.«

»Ich bin die *Bastard*-Tochter eines Grafen«, erwiderte sie.

Er beugte sich herunter, um ihr Gesicht in seine Hände zu nehmen, und lächelte ein wenig.

»Mein Liebling. Meine Liebe. Es hat nie eine Rolle gespielt, wer du *zu sein glaubst*. Was zählt, ist, wer ich *weiß*, dass du bist.«

Sie zitterte unter seiner Berührung, als er mit der

Daumenkuppe über ihre Lippen strich und seine Augen die ihren suchten. »Und wer ist das?«

»Die Frau meines Herzens. So habe ich mich noch nie bei einem anderen Menschen gefühlt. Nur bei dir. Ich werde die Welt bekämpfen, um bei dir zu sein, wenn es sein muss. Ich habe mich Hell Fire Clubs und Teufelskatzen gestellt, um bei dir zu sein. Glaubst du wirklich, ich würde mich von der *Gesellschaft* aufhalten lassen?«

»Aber ich darf nicht diejenige sein, die deinen Ruf zerstört. Du denkst nicht klar.« Sie schlang ihre Finger um seine Handgelenke und klammerte sich an ihn, obwohl sie wusste, dass sie ihn loslassen sollte.

Er senkte seine Stirn auf ihre und berührte ihre Lippen in einem Kuss, der singende Klänge durch ihre Seele schickte. Aber sie hatte zu viel Angst, um diese Freude zuzulassen. Ihr Leben sollte nie ein glückliches sein. Nicht so.

»Ich muss dich zu Rochesters Haus zurückschicken.«

Und da war sie, die Entscheidung, sie gehen zu lassen.

»Natürlich. Ich verstehe«, flüsterte sie, und ihre Wimpern senkten sich, während sie die Tränen zurückhielt. »Es ist das Richtige.«

»Gillian«, knurrte er. »Sieh mich an.«

Sie tat es.

»Ich muss dich nach Hause zu deiner Herrin schicken, damit du Zeit hast, eine angemessene Aussteuer vorzubereiten. Du musst sie über deinen Rücktritt aus dem Arbeitsverhältnis informieren. Ich hoffe, sie ist nicht böse, dass ich dich entführe?«

Gillian konnte immer noch nicht glauben, dass sie das hörte, dass er sie wollte, selbst nachdem er nun die Wahrheit kannte.

»Sie wird traurig sein, mich zu verlieren, aber auch glücklich. Sie weiß, was ich für dich empfinde.«

James hob sie auf die Füße und zog sie in seine Arme. »Das sollte sie auch sein. Immerhin war sie es, die mich zu der Party eingeladen hat.«

»Was?« Gillian keuchte. »Aber sie hat gesagt, dass sie es nicht getan hat.« Nun, eigentlich nicht, aber sie schien wirklich überrascht gewesen zu sein, James auf Rochesters Hausparty zu sehen.

»Ich war letzte Woche vor der Party im Stadthaus von Sheridan, am Morgen nach dem Vorfall im Hell Fire Club.«

»Ich erinnere mich«, gestand Gillian. »Ich habe mich im Dienstboteneingang versteckt und dich hereinkommen sehen.«

Er strich mit seinen Händen auf ihrem Rücken auf und ab. »So nah, und doch hatte ich keine Ahnung, dass du da bist.«

»Warum bist du an jenem Tag gekommen?«, fragte sie.

»Um dich zu finden. Miss Sheridan war die einzige Verbindung, die ich zu dir hatte. Ich flehte sie an, mir zu sagen, wo du bist, *wer* du bist. Sie hat deine Identität nicht verraten, aber sie hat gesagt, ich könnte zu der Party kommen und dich für mich gewinnen.«

Gillian schüttelte ungläubig den Kopf. Bis zu diesem Zeitpunkt hatte Gillian Audreys Ehrgeiz, eine Spionin zu werden, für eine Schnapsidee gehalten, aber jetzt begann sie zu glauben, dass sie clever genug sein könnte, um den König von Frankreich zu täuschen.

»In der Tat.« James fuhr mit den Fingern durch ihr Haar und küsste sie, wobei ein Strom der Leidenschaft über seine Lippen floss. Als sich ihre Münder schließlich voneinander trennten, drückte er seine Stirn an ihre. Der Kummer kehrte in seine Augen zurück, und er drückte sie fest an sich, als ob nur sie ihn trösten könnte.

»Wartest du auf mich? Ich muss mich auf die Vorbereitung der Beerdigung konzentrieren.«

»Wenn du mich wirklich willst, werde ich so lange auf dich warten, wie du brauchst«, schwor sie.

Wenn James bereit war, für sie die Verurteilung der Gesellschaft zu ertragen, würde sie alles tun, um seiner würdig zu sein, selbst wenn sie ewig warten müsste.

KAPITEL ELF

Zwei Wochen waren seit dem Tod von James' Mutter vergangen, doch er spürte ihre Anwesenheit im Stadthaus noch immer, nachdem er und Letty nach London zurückgekehrt waren. Er vermisste sie mit jedem Atemzug, doch ein Teil von ihm war erleichtert, dass sie nicht mehr leiden musste. Sie war seit einigen Jahren nicht mehr sie selbst gewesen, und er hatte sich gewünscht, wenn er sie schon nicht heilen konnte, so doch wenigstens ihren Schmerz beenden zu können. Sein Herz war zwar immer noch gebrochen, aber er wusste, dass sie jetzt bei seinem Vater war, und dass sie dort zusammen glücklich sein konnten.

James verweilte in der Eingangshalle, den Hut in der Hand, während er sich auf den Tag vorbereitete, der sein Leben für immer verändern sollte. Er wollte Gillian als sein Eigentum beanspruchen. Öffentlich, in der Art und Weise, wie sie es verdient hatte. Er wusste, dass sie versprochen hatte, zu warten, und dass sie sich jeden Tag geschrieben hatten, um ihr Versprechen zu bekräftigen, und doch war sein Magen wie verknotet.

»James ...« Die Stimme seiner Schwester ließ ihn sich umdrehen. Letty kam die Treppe herunter und sah in einem einfachen lilafarbenen Tageskleid und einem Schal sehr hübsch aus. Es war die übliche Tageszeit, zu der sie ihre Freunde besuchte, aber angesichts des Todes ihrer Mutter würde sie für die nächsten Monate zu Hause bleiben.

»Ah, Letty, ich bin froh, dass du hier bist. Ich muss mit dir sprechen.« Er hatte seiner Schwester noch nicht offiziell mitgeteilt, dass er beabsichtigte, Gillian zu heiraten. Ein Teil von ihm befürchtete, dass sie ihm wegen dieser Verbindung böse sein würde. Seit sie Gillians Geschichte entdeckt hatte, wirkte ihr Verhalten seltsam angespannt, wenn er ihren Namen im Gespräch erwähnte.

»Und ich muss auch ein paar Dinge sagen.« Sie erreichte ihn am Fuß der Treppe. Schmerz und Sorge standen so deutlich in ihren Augen, dass ihm der Atem stockte. Das verhieß nichts Gutes.

»Letty, was ...«

»Bitte, lass mich zuerst sprechen«, bat sie.

James nickte, sein Körper war nun vor Angst angespannt.

»Ich habe Gillian gezwungen, dir die Wahrheit über ihre Situation zu sagen. Ich habe nämlich ihren Halbbruder, Lord Morrey, besucht, und es hat sich herausgestellt, dass er seit dem Tod ihres Vaters nach ihr gesucht hat. Er möchte sie kennenlernen, sie unterstützen. Er schämt sich überhaupt nicht für diese Verbindung.« Sie seufzte, ihre Lippen waren leicht geschwungen. »Er ist eigentlich ganz wunderbar. Aber ich war verstört, und ich fürchte, ich habe die Dinge durcheinander gebracht. Als Mama starb, ging es mir sehr schlecht, und ich sah sie und ...« Seine Schwester hielt inne, schniefte und fuhr fort. »Ich befürchtete das Schlimmste, was ihre Absichten anging. Ich habe ihr gesagt, dass sie dir ihre Situation gestehen muss, sonst würde ich es tun.«

James wusste nicht, was er sagen sollte, aber er war nicht wütend. Er verstand Lettys Schmerz und ihr Bedürfnis, um sich zu schlagen. Er hätte so reagieren können, aber er hatte es nicht getan. Gillian war für ihn da gewesen. Sie hatte etwas getan, was er nie für möglich gehalten hatte: Sie hatte einen Teil seines Kummers auf ihre eigenen Schultern genommen und ihn getragen. Ihre Stärke und Unterstützung hatten den Verlust erträglicher gemacht. Damals hatte er sich schuldig gefühlt, diese Last zu teilen, aber dann hatte er etwas erkannt, das sein Herz mit Hoffnung erfüllte. Wenn man dem Menschen begegnete, der der eigene Seelenverwandte war, dann konnte man diesem Menschen keinen Schmerz aufdrängen - derjenige nahm diesen Schmerz willig an, um gemeinsam daran zu tragen. Er hätte sein Herz nie vor Gillian verstecken können, denn es gehörte ihr. Sie würde ihn immer sehen, wenn es ihm am schlechtesten ging, wenn er am meisten verwundet war, und sie würde da sein, um zu helfen. Nicht weil sie es musste, sondern weil sie es wollte.

Und ich werde dasselbe für sie tun. Jeden Schmerz, jede Freude, alles werden wir gemeinsam teilen.

»Letty, bitte, reg dich nicht auf. Ich bin nicht böse auf dich«, sagte er. Er umfasste ihr Kinn und hob ihr Gesicht an, weil er die Tränen hasste, die an ihren Wimpern hingen.

»Nicht?«

»Nein. Aber ich muss dir jetzt etwas sagen und die Wahrheit von dir hören. Ich habe die Absicht, Gillian zu heiraten. Wird dir das weitere Schmerzen bereiten?«

Letty schüttelte den Kopf. »Ich habe sie immer gemocht, das weißt du. Ich wollte dich nur beschützen. So viele Frauen sehnen sich nach einem Titel, und ich habe befürchtet, dass jemand dein offenes Herz ausnutzen würde.«

James lachte leise. »Du warst schon immer wild in Herzensangelegenheiten, und ich bewundere dich dafür. Aber sei versichert, dass es mir gut gehen wird, solange ich Gillian habe.«

»Dann bin ich froh.« Lettys Lächeln war strahlend

wie die Sonne. Wer sie eines Tages heiratete, würde dieses Lächeln in Ehren halten.

»Ich gehe sie jetzt besuchen. Willst du mitkommen?«

»Nein, aber grüße sie von mir, wenn du sie siehst. Es wird eine große Freude sein, sie hier zu haben, wenn ihr verheiratet seid.«

»Meinst du das ernst?« James setzte sich seinen Hut auf den Kopf und zog seine Reithandschuhe an.

»Natürlich«, versicherte ihm Letty. »Und jetzt ab mit dir! Ich weiß, dass du sie unbedingt sehen willst.« Letty schob ihn zur Tür. Er konnte sich ein Lächeln nicht verkneifen. Er konnte es in der Tat kaum erwarten, den Rest seines wunderbaren Lebens mit Gillian zu beginnen.

AUDREY EILTE IN DEN SALON. »ER IST HIER!«

Gillian setzte sich auf und warf den Stickrahmen beiseite. Sie hatte sowieso nur so getan, als würde sie sich damit beschäftigen. In Wahrheit hatte sie immer wieder an demselben Stich herumgefummelt, seit ein Bote ihr mitgeteilt hatte, dass James kommen würde, um offiziell um ihre Hand anzuhalten. Sie konnte kaum glauben, dass es schon zwei Wochen her war, doch die Tage schienen sich zu ziehen und zu schnell zu vergehen, ohne dass sie ihn sehen konnte.

Cedric, Audreys älterer Bruder, saß in einem Stuhl am Feuer und faltete seine Zeitung. Er sah zu Gillian.

»Bist du sicher, dass du ihn heiraten willst? Ich mag den Kerl natürlich sehr, aber wenn du es sagst, werde ich ihn verjagen.« Cedric lächelte sie auf eine Weise an, die ihr Herz vor Freude erbeben ließ. Er hatte die Situation sofort in die Hand genommen, als Gillian gezwungen gewesen war, ihre Stelle zu kündigen. Er hatte sich im Handumdrehen vom Arbeitgeber zum Ersatzbruder gewandelt. Die Sheridans hatten sie immer wie ein Familienmitglied behandelt, und jetzt fühlte sie sich mehr denn je als Teil dieser Familie.

»Wage es ja nicht!«, sagte Audrey und gab ihrem Bruder einen Klaps auf den Arm.

»Mylord«, sagte Sean Hartley, als er in der Tür erschien. »Ein Lord Pembroke und ein Lord Morrey sind hier, um Sie beide zu sehen, und natürlich Miss Beaumont.«

Gillians Kehle schnürte sich zusammen, und sie musste darum kämpfen, ruhig zu bleiben. »Hast du gerade Lord Morrey gesagt?«

Audrey sah in ihre Richtung und wurde blass. »Du hast doch gesagt, dass er nichts über dich weiß.«

»Tut er auch nicht«, sagte Gillian. Was könnte das alles bedeuten?

»Willst du trotzdem, dass ich sie hereinlasse?«, fragte Sean.

Cedric betrachtete Gillian. »Es liegt an dir, meine Liebe.«

»Ich ... Ja, lass sie rein.« Sie würde sich einfach der Situation stellen und beten müssen, dass Lord Morrey nicht hier war, um ihre Chance auf Glück zu zerstören. Sie hatte ihr Bestes getan, um unsichtbar zu bleiben, um keine Aufmerksamkeit auf Lord Morreys Familie zu lenken. Sobald sie verheiratet war, würde sich auch ihr Name ändern. Was könnte sie noch tun?

Gillian blieb mit klopfendem Herzen stehen, als sie Stimmen auf dem Flur hörte. Sean öffnete die Tür, und James trat als Erster ein. Sein beruhigendes Lächeln milderte ihre Sorgen, aber nur für einen Moment. Der zweite Gentleman, Lord Morrey, war groß, dunkelhaarig und hatte diese silbrigen, taubengrauen Augen, die man in London nicht oft sieht. *Wir haben die gleichen Augen, genau wie unser Vater.* Er war gutaussehend, elegant und dennoch ein männliches Exemplar, bei dem ihre Herrin wohl in Ohnmacht gefallen wäre, wenn sie nicht schon in Jonathan St. Laurent verliebt gewesen wäre.

»Lord Pembroke, Lord Morrey«, grüßte Cedric.

»Lord Sheridan«, antworteten sie beide höflich.

»Gillian, möchtest du, dass ich bleibe? Oder soll ich mich in mein Arbeitszimmer zurückziehen? Wenn Lord Pembroke und Lord Morrey soweit sind, können sie mit mir über deine Mitgift sprechen.«

»Mitgift?« Gillian war verwirrt. »Ich habe keine Mitgift.«

»Unsinn«, sagte Cedric. »Ich werde eine für dich stellen.«

»Eigentlich ...« Lord Morrey räusperte sich, seine Miene war unleserlich. »Ich glaube, das ist meine Pflicht als nächster Angehöriger.«

Cedric verschränkte die Arme. »Sie sind also hier, um zu bestätigen, dass sie eine Verwandte ist?«

»Das bin ich«, sagte Morrey und sah Cedric mit einem Stirnrunzeln an. »Soweit es mir möglich ist. Ich hoffe, niemand hat den Eindruck, dass ich die Absicht hatte, sie zu verleugnen.«

»Nun«, begann Cedric, »das macht einen Mann stutzig. Sie hat all die Jahre als Dienstmädchen gearbeitet. Wo waren Sie, als sie Hilfe brauchte?«

»Mylord!« Gillian errötete bis zu den Haarwurzeln, als sie sah, wie Cedric sie verteidigte. Das war nicht nötig.

»Sie verstehen das falsch. Ich habe nach ihr gesucht«, sagte Morrey zu Cedric und wandte sich dann an Gillian. »Schon seit geraumer Zeit. Mein Vater, *unser* Vater, hat sich gewünscht, dass ich mich um dich und deine Mutter kümmere. Es tut mir leid, dass es mir nicht gelungen ist, dich nach seinem Tod zu finden, aber ich möchte das jetzt nachholen und alles tun, um dir zu helfen.« Er lächelte, aber es lag eine gewisse Traurigkeit darin. »Aber es scheint, als käme ich zu spät. Lord Pembroke hat mir mitgeteilt, dass ihr beide heiraten werdet. Das Mindeste, was ich also tun kann, ist, dir eine Mitgift zu geben und mich und meine Schwester als deine Familie anzubieten.«

»Aber ...« Plötzlich kippte die Welt um sie herum, und sie hielt sich an der Lehne des nächstgelegenen Stuhls fest, um auf den Beinen zu bleiben. James war im Nu zur Stelle und hielt sie an der Taille fest.

»Danke.«

»Natürlich«, flüsterte er zurück.

»Lord Morrey, wenn Sie irgendeine Verbindung zu mir zugeben, wird das einen Skandal auslösen.«

Morrey grinste und ließ einen jungenhaften Glanz in seinen allzu ernsten Augen aufblitzen. »Ah, daran habe ich schon gedacht. James erwähnte deine Sorge um einen Skandal, und ich glaube, wir haben eine wunderbare Lösung gefunden. Stimmt's, Pembroke?«

»Ich glaube schon.« James blickte in Richtung Audrey. »Ambrose Worthing, ein Freund von mir, konnte einst die Hilfe der Lady Society gewinnen. Ich hoffe, dass ich das auch tun kann.«

Gillian sah, wie Audrey sich plötzlich versteifte.

»Lady Society?« Cedric gluckste. »Es wäre besser, wenn Sie einen Pakt mit dem Teufel schließen würden. Sie werden bis zum Hals in Schwierigkeiten mit dieser Frau stecken, wer auch immer sie ist.«

»Das glaube ich nicht«, sagte James. »Lady Society ist ziemlich klug und hat sich schon immer für Herzensangelegenheiten eingesetzt, vor allem für solche, die gegen die Konventionen verstoßen. Sie erinnert ihre Leser daran, dass wir unsere Traditionen mit Mitgefühl mäßigen müssen.«

»Sie hat auch eine Art, die unbequemsten Geheimnisse aufzuspüren und sie für alle sichtbar zu beleuchten«, konterte Cedric. »Ich sage Ihnen, Sie spielen mit dem Feuer, wenn Sie hoffen, ihre Hilfe zu bekommen.«

»Sie wäre jeden Preis wert, wenn sie mir helfen könnte, die Gesellschaft davon zu überzeugen, meine Heirat mit Gillian zu begrüßen, anstatt sie zu verurteilen. Ich denke, sie würde mir zustimmen, dass es eine Sache ist, die es wert ist, gefördert zu werden.«

Gillian entspannte sich, als ihr klar wurde, dass er Audreys geheime Identität nicht vor ihrem Bruder preisgeben würde.

»Was ist Ihre Lösung?«, drängte Cedric.

Morrey lächelte immer noch. »Wir werden Lady Society über die *Quizzing Glass Gazette* kontaktieren, sie über unsere Situation informieren und um ihre Hilfe bitten. Wir hoffen, dass Lady Society über die bezaubernde neue Lady in London, Miss Gillian Beaumont, schreiben wird, von der es heißt, sie sei eine Cousine vom Lande, eine alte Familienverbindung, die meine Schwester und ich gerne wieder aufleben lassen möchten. Wenn sie der Meinung ist, dass sie ein wirksameres Mittel hat, um die Öffentlichkeit zu erreichen, werden wir uns natürlich auf ihre Expertise verlassen.«

»Ihre Schwester hat nichts dagegen?«, fragte Gillian und hielt den Atem an.

»Natürlich nicht. Ich hoffe, du bist auch offen für uns ... Schwester«, sagte Morrey, und die Zärtlichkeit in seiner Stimme schockierte sie. Einen Moment lang konnte Gillian nicht atmen. Eine so große Freude schien in ihr aufzubrechen, dass sie sich beruhigen musste, sonst würden Tränen laufen. Sie hatte erwartet, dass Morrey sie auszahlen wollte, um sie zu verstecken, zu diskreditieren oder zumindest zu ignorieren. Aber sie so offen zu empfangen? Es übertraf alles, was sie sich je erträumt hatte.

»Danke, Mylord«, sagte sie, während ihre Augen feucht wurden.

Morrey beobachtete sie immer noch aufmerksam, und sein warmes Lächeln wurde bei ihrer Antwort noch breiter. »Du wirst feststellen, dass wir würdige Geschwister sind. Vater hat uns gelehrt, dass die Familie wichtig ist, und du bist ein Teil von uns.«

Cedric strahlte. »Gut gesagt! Schön zu hören, dass Sie das richtig verstanden haben, Morrey.«

Morrey ging auf Gillian zu und reichte ihr die Hand. »Ich weiß, dass du meinen Segen nicht brauchst, um Pembroke zu heiraten, aber du hast ihn, zusammen mit einer guten Mitgift.«

»Ich brauche letzteres wirklich nicht«, sagte James. »Gillians Herz ist alles, was ich wirklich brauche.«

»Bitte. Erlauben Sie mir, das Geld zur Verfügung zu stellen, damit Sie Ihre Frau mit Geschenken überhäufen können. Nach all den Jahren, die sie im Dienst verbracht hat, glaube ich, dass sie nichts anderes verdient hat«, betonte Morrey.

Sie mit Geschenken überhäufen? Der Gedanke war so fremd, dass er lächerlich war.

»Was denkst du, Liebes?«, fragte James. »Die besten Kleider, die feinsten Pantoffeln, ein ganzes Zimmer nur für deine Häubchen?«

»Ja! Natürlich will sie das!«, rief Audrey aus. »Gillian, du bekommst ein Zimmer für deine eigenen Häubchen!« Die Augen ihrer Freundin leuchteten vor Schalk und purer Freude bei dem Gedanken, dass sich all diese albernen Hüte in einem Raum stapeln würden.

Gillian seufzte und gluckste. »Vielleicht sollten wir die Bibliothek erweitern, um mehr Romane aufzunehmen?«

James grinste sie an. »Romane also, aber ich bestehe trotzdem auf Kleider und Pantoffeln.«

Sie biss sich auf die Lippe. »Weil ich so unscheinbar bin?«

James starrte sie erstaunt an. »Weit gefehlt! Du bist die schönste Frau, die ich je getroffen habe. Aber ich möchte dir das Beste bieten, um jede Frau eifersüchtig zu machen.«

»Oh.« Der Gedanke, dass jemand auf sie eifersüchtig sein könnte, wäre sicherlich gewöhnungsbedürftig.

»Es bleibt also nur noch, ein Datum zu wählen?«, fragte James. »Würde dir Weihnachten gefallen?«

»Ist das zu früh, nachdem deine Mutter gestorben ist?«

James schüttelte den Kopf. »Offiziell ja, das heißt, die Leute werden sicher reden, aber ich bin ein Junggeselle, ein guter Fang, wie man mir sagt, also wird es sie nicht überraschen, dass man mich geschnappt hat. Wozu noch warten? Ich habe dir doch gesagt, dass ich nichts gegen Skandale habe.« Humor glitzerte in seinen Augen, als er einen Arm um ihre Taille schlang.

»Dann wäre Weihnachten ja wunderbar.« Sie hob ihr Gesicht zu seinem und genoss das sonnige Lächeln, das er ihr schenkte.

James stahl sich einen kurzen Kuss. Cedric und Morrey rümpften beide die Nase, aber mehr aus Gründen des Anstands als wegen eines wirklichen Einwands.

»Ich werde zum Tee vorbeikommen und auf der Rotten Row reiten ...« Er drückte ihr einen lang anhaltenden Kuss auf die Hand. »Du wirst ordentlich umworben werden, wie ich es versprochen habe.«

Gillians Herz war plötzlich so sehr von Liebe erfüllt, eine Freude, die so überwältigend war, dass sie es kaum aushalten konnte. Innerhalb weniger Wochen war sie von einer verwaisten Dienerin zu einer Dame mit zwei beschützenden Brüdern geworden.

»Siehst du? Ich habe dir versprochen, dass alles Gute kommen würde, nachdem wir uns vor all den Jahren getroffen haben«, sagte Audrey mit einem Augenzwinkern. »Sehr gute Dinge.«

Gillian lächelte ihre Freundin an und murmelte die Worte, die niemals die Tiefe ihrer Dankbarkeit wiedergeben konnten. *Vielen Dank.*

»Dafür sind Schwestern doch da«, sagte Audrey. Sie zuckte mit den Schultern, als wäre es eine einfache Pflicht gewesen, ihr diese Freude zu bereiten, und nicht das größte Geschenk, das man je erhalten konnte. Lady Society konnte tatsächlich Wunder bewirken. Sie hatte Gillian eine Liebe wie keine andere geschenkt, einen Mann, dem sie wirklich wichtig war, jemanden, der sie als Lebenspartnerin wollte.

James sah sie an, der Blick der Hoffnung war noch immer in seinen Augen, aber da war noch etwas anderes. Nicht nur Hoffnung, sondern ein Versprechen auf Liebe und ein gemeinsames Leben. Schließlich war er ihr wunderbarer, böser Graf, und er würde ihr jeden Traum erfüllen.

EPILOG

inen Monat später

Gillian stand im Esszimmer von James' Stadthaus, ihr Hochzeitskleid flüsterte über die Teppiche, als sie um den langen Tisch herumging. Die Gäste würden jeden Moment aus der Kirche kommen, um am Frühstücksmahl teilzunehmen, aber sie hatte ein paar kostbare Augenblicke für sich, um die Kreationen der Köchin zu bewundern. Der Tisch war mit Kuchen und anderen Köstlichkeiten beladen, und es gab eine Fülle von orangefarbenen Blüten, die die Luft mit ihrem Duft erfüllten und den Raum eher wie einen Garten erscheinen ließen. So lange hatte sie auf der anderen Seite dieses Lebens gestanden, auf der Seite derer, die ungesehen und ungehört in der Morgendämmerung und bis spät in die Nacht schuften mussten, um das Leben eines anderen Menschen zu verbessern. Jetzt war sie diejenige, die alles haben konnte, was sie sich wünschte. Der Gedanke daran war eher befremdlich als beruhigend, und sie wusste, dass sie sich erst daran gewöhnen musste, eine Dame zu sein und nicht das Dienstmädchen.

»Gillian?« Gillian drehte sich um und sah ihre neue Schwägerin in der Tür stehen.

»Ja?« Sie betrachtete Letty, die auf sie zukam. Ihre braunen Augen waren feierlich und reumütig.

»In all dem Wahnsinn der schnellen Hochzeit hatte ich nie die Gelegenheit, mich zu entschuldigen.« Letty streckte die Hand aus, um Gillians Hände zu berühren. »Ich hätte dich nie drängen dürfen, James von deiner Vergangenheit zu erzählen, nicht an jenem Tag. Es war falsch von mir, und es tut mir leid, wenn ich dich beschuldigt habe, ihn aus egoistischen Gründen täuschen zu wollen.« Lettys Stimme brach leicht.

»Letty, es gibt nichts zu verzeihen. Du hast ihn beschützt. Ich würde nichts anderes von einer hingebungsvollen Schwester erwarten.« Sie hielt immer noch die Hände der anderen Frau in den ihren fest.

»Aber ich hasse die wahren Gründe für mein Handeln. Ich war egoistischer, als ich dir weismachen wollte. Ich hatte auch Angst vor dem Skandal. Aber wenn ich etwas von dir gelernt habe, dann, dass Skandale keine Rolle spielen, wenn es um die Liebe geht. Ich mochte dich vom ersten Moment an, und ich hätte nicht versuchen sollen, mich zwischen dich und James zu stellen. Du machst ihn so glücklich, wunderbar glücklich, und er verdient dieses Glück mehr als jeder andere Mann, den ich kenne. Du bist die perfekte Frau für ihn, ganz gleich, woher du kommst oder wer du einmal warst. Was zählt, ist, wer du bist – die Frau, die er liebt, die Frau, die ihn glücklich macht.«

In der Tat, wie wahr das ist, dachte Gillian mit einem kleinen Lächeln. Sie und James hatten geplant, um Weihnachten herum zu heiraten, aber nur zwei Wochen nach ihrer Verlobung war ihre Menstruation ausgeblieben, und sie beschlossen, keinen Klatsch des *Ton* zu riskieren, um das Kind zu schützen, von dem sie ziemlich sicher war, dass sie es trug. Bei den ersten Abendessen, an denen sie teilgenommen hatte, hatte es einen Sturm von Gerüchten gegeben, und viele Damen waren verärgert darüber, dass James kein Junggeselle mehr war. Er fand es recht amüsant, und bald hatte sich Gillian entspannt, nachdem sie sich vergewissert hatte, dass die Klatschtanten weder ihm noch seiner Schwester etwas antun würden. Tatsächlich hatte das Eingreifen von Lady Society geholfen, genau wie er und Adam gehofft hatten.

Audrey hatte einen zauberhaften Artikel über Gillian verfasst, der die meisten Mitglieder der gehobenen Gesellschaft zu überzeugen schien. Das Getuschel um sie herum bezog sich mehr auf ihre Geheimniskrämerei, ihre stille Schönheit und natürliche Anmut als auf Spekulationen über ihre familiären Verhältnisse. Und Gillian konnte nicht vergessen, wie schnell sie von ihrem

Halbbruder Adam und ihrer Halbschwester Caroline als Familie aufgenommen worden war.

»Ich bin so froh, dass du zu unserer Familie gehörst«, fügte Letty hinzu. »An jenem Tag, als ich dich im Modistenladen traf, hatte ich das gleich im Gefühl. Ein Gefühl der Seelenverwandtschaft.« Ihre Augen glänzten vor Glück, und dann umarmte sie Gillian.

»Danke! Ich hätte nie gedacht, dass ich in einem Monat zwei Schwestern bekommen würde, aber ich bin so froh, dass wir jetzt eine Familie sind.«

»Das sehe ich genauso! Es macht so viel Spaß, eine Schwester im Haus zu haben.« Letty drückte sie wieder und lächelte. »Ich muss meinen Bruder suchen gehen. Die Gäste werden bald hier sein.«

Sie ließ Gillian wieder allein im Esszimmer zurück. Sie streckte die Hand aus, um die fein gearbeiteten Porzellankrüge zu berühren. Die farbenfrohen Porzellanmuster aus roten und goldenen Blumen erinnerten sie an James und die langen Ausritte, die sie gerne im Hyde Park unternahmen, während sie beobachteten, wie sich die Blätter golden färbten. Überall um sie herum war das Leben schön, und ihre Zukunft leuchtete wie ein heller Stern am Winterhimmel.

»Versuchst du, ein Stück Kuchen zu stehlen?« James' neckischer Ton brachte sie zum Lächeln. Er betrat den Speisesaal und sah in seinem schwarzen Jackett, der Weste und den hellbraunen Hosen gut aus. Seine braunen Augen glänzten wie heiße Schokolade.

»Ich gebe zu, ich bin in Versuchung. Der Gedanke, dass ich bereits für zwei Personen esse, ist ein wenig entmutigend.« Sie legte eine Handfläche auf ihren noch flachen Bauch. Sie hatte Horatias schwierige Wehen nicht vergessen und auch nicht, wie verängstigt alle gewesen waren. James kam zu ihr, schlang seine Arme um ihre Taille und zog sie an sich heran. Ihre Gesichter waren nur wenige Zentimeter voneinander entfernt. Sie atmeten dieselbe Luft, die Augen waren aufeinander gerichtet.

»Wir werden uns dem gemeinsam stellen. Bei allem, was dir Angst macht, werde ich an deiner Seite sein.« Sein Schwur wurde mit leiser Stimme geflüstert, aber mit der Überzeugung eines Ritters aus vergangenen Zeiten, der schwor, seine schöne Frau zu beschützen. So sehr Gillian auch darauf beharrte, dass sie nie gerettet werden musste, gab ihr das Wissen, dass er für sie kämpfen würde, eine neue Art von Stärke. Sie kannte ihre eigenen Tugenden, weil sie so viele Jahre lang für sich selbst gesorgt hatte, aber zu wissen, dass sie einen Partner an ihrer Seite hatte, machte einen großen Unterschied für sie aus. Sie konnten alles gemeinsam bewältigen.

»Mache ich dich wirklich glücklich?«, fragte sie, während sie mit den Falten seines schneeweißen Halstuches spielte. Sie nahm an, dass es eine Weile dauern würde, um die Befürchtungen zu vertreiben, dass sie ihm nicht genügte. Ein ganzes Leben voller Zweifel würde nicht über Nacht verschwinden.

Es gab keine Schatten in seinen Augen, als er ihre Wange berührte. »Für mich gab es immer nur Freude, wenn ich mit dir zusammen war. Wenn du hier bist, ist es, als würde ich nach einem kalten Winter die Sonne auf meinem Gesicht spüren. Du hast mir *Leben* eingehaucht. Niemand hat mir jemals auch nur annähernd dieses Gefühl vermittelt. Kein anderer Name wird mein Herz erfüllen, nur deiner.« Seine Augen brannten mit verblüffender Intensität. »Was muss ich tun, um zu beweisen, dass du die Einzige für mich bist?«

Es gab nichts, was er tun konnte. Er hatte es ihr bereits mehrfach bewiesen.

Sie schluckte. »Ich kann einfach nicht glauben, dass das Schicksal dich mir geschenkt hat. Dass ich eines solchen Geschenks würdig bin.« Sie lehnte ihr Gesicht in seine Hand, schloss die Augen und atmete langsam ein. »So lange wagte ich nicht zu träumen, wagte nicht zu glauben, dass ich ein erfülltes Leben haben könnte, eines voller Freude und Liebe. Ich befürchtete, dass ich immer nur von außen auf eine Welt schauen würde, die nie die meine sein könnte. Wie kann ich dich und all das hier nur verdienen?« Sie deutete auf den wunderschön dekorierten Speisesaal, aber sie bezog sich auf so viel mehr.

»Jeder verdient Liebe und ein gutes Leben«, sagte James. »Du und ich hatten einfach mehr Glück als die meisten anderen, dass wir unseres gefunden haben.«

Er senkte den Kopf und küsste sie heiß auf den Mund. Sie stellte sich vor, dass sie sich an einem solchen Geschmack, an seinen Armen, die sie festhielten, und an dem Gefühl, dass sein Herz so nah an ihrem eigenen schlug, berauschen könnte. Ihre einst müde Seele war von der Leidenschaft und Wildheit seiner Liebe aufgeweckt worden. Sie lächelte, als sie sich an jenen Tag vor einem Monat erinnerte, als sie gemeinsam John Donnes Gedicht »The Good Morrow« aufgesagt hatten:

IF OUR TWO LOVES BE ONE, OR, THOU AND I
  Love so alike, that none do slacken, none can die.

JEDES WORT DAVON WAR DAMALS WAHR GEWESEN, UND es würde immer so bleiben.

Vielen Dank, dass Sie *Der Earl von Pembroke* gelesen haben! Blättern Sie um und lesen Sie das erste Kapitel des nächsten Buches der Serie *Sein teuflisches Geheimnis*, das die Liebesgeschichte von Jonathan und Audrey erzählt!

SEIN TEUFLISCHES GEHEIMNIS

KAPITEL EINS

L **iga-Regel 17:**

Lassen Sie niemals zu, dass Ihr Titel, oder das Fehlen eines Titels, definiert, wer Sie sind.

AUSZUG AUS DER *QUIZZING GLASS GAZETTE*, 9. September 1821, der Rubrik Lady Society:

Lady Society ist in letzter Zeit ziemlich frustriert von den Gentlemen, vor allem von denen, die schurkisch sind. Insbesondere wirft sie einen missbilligenden Blick auf Mr. St. Laurent, den jüngeren Bruder des Herzogs von Essex. Dieser Herr hat versucht, eine junge Dame des Ton gefühllos zu verführen und sie dann abblitzen lassen, als sie ihr Interesse bekundete. Mr. St. Laurent, Sie können nicht mit einer Frau, die nicht mehr im Spiel ist, Katz und Maus spielen. Es ist vorbei. Lassen Sie die

Dame in Ruhe, denn Sie haben nicht den Wunsch, sie zu heira-
ten. Betrachten Sie sich als gewarnt.

»BETRACHTE MICH ALS *GEWARNT*?« JONATHAN ST.
Laurent starrte auf die Zeitung, die er Lucien, dem
Marquess of Rochester, gestohlen hatte. Die beiden
hatten es sich in einem Zimmer in Berkleys Club gemüt-
lich gemacht und warteten auf die Ankunft ihrer
Freunde, die sich zu den wöchentlichen Drinks und
Zigarren treffen würden.

Der rothaarige Marquess kicherte. »Du hast den
Zorn der Lady Society selbst auf dich gezogen. Möge
Gott deiner Seele gnädig sein.«

»In der Tat.« Jonathan las die Kolumne über die
Gesellschaft noch einmal und verschluckte sich an
jedem Wort. Er hatte keine Spiele gespielt. In ganz
London gab es nur eine einzige Dame, von der er
behaupten konnte, sie verführt zu haben, oder es zumindest versucht zu haben: Miss Audrey Sheridan, die
jüngste Schwester seines Freundes Cedric, Viscount
Sheridan.

Jonathan hatte sein ganzes Leben lang geglaubt, er
sei ein Diener, und hatte bis zum letzten Jahr nicht
gewusst, dass er in Wirklichkeit der Halbbruder des
Herzogs von Essex war. Er lernte seinen Platz in der
schönen Welt gerade erst kennen, lernte, wie ein Gentleman zu leben, und tat sein Bestes, um sein Leben als

Diener hinter sich zu lassen. Aber der Ärger hatte ihn gefunden. Probleme, die den Namen Audrey trugen.

Sie war ein wahrer Wildfang. Eine dunkelhaarige Schönheit mit einer scharfen Zunge und einer Vorliebe für Ärger. Das Letzte, was er brauchte, war Ärger. Dennoch war sie von dem Moment an, als er sie kennengelernt hatte, ständig in seinen Gedanken präsent.

»Nun, was hast du jetzt vor?«, erkundigte sich Lucien. Seine Lippen verzogen sich zu einem amüsierten, sardonischen Lächeln, während er an seinem Brandy nippte.

»Was kann ich tun?« Jonathan zerknüllte die Zeitung in seinen Händen. »Ich habe sie nicht verführt, nicht in irgendeiner Weise, die wirklich zählt.«

»Nach wessen Maßstäben? Die eines Gentleman oder die des Lebens, das du vorher geführt hast?«

Die Worte verletzten Jonathan. »Ich war nichts anderes als ein Gentleman für sie.«

Lucien schien zu merken, dass seine Worte Jonathan verletzt hatten, und korrigierte sich. »Ich meine nur, dass es zu einem Missverständnis gekommen sein könnte. Frauen haben oft eine ganz andere Auffassung von Verführung als wir, weißt du.«

»Das war nicht der Fall. Zumindest nicht, soweit ich das beurteilen kann. Und außerdem war ich bereit, sie zu heiraten. Ich wollte sie heute Nachmittag fragen, als ich sie zuletzt gesehen habe.«

An diesem Nachmittag hatte er ihr einen Heiratsantrag machen wollen, aber sie war ihm davongelaufen, bevor er seine Frage stellen konnte. Er hatte sich Sorgen gemacht, dass sie in Schwierigkeiten geraten könnte, und war ihr deshalb in ein Bordell, den Mitternachtsgarten, gefolgt, das sich an Kunden aus der High Society richtete. Er hatte Audrey allein in einem Zimmer mit einem gut aussehenden jungen Mann angetroffen und die Kontrolle verloren, so dass er den Mann aus dem Zimmer warf. Er und Audrey hatten sich gestritten, und wenn sie sich stritten, kam es immer zu kurzen, aber intensiven Momenten der Leidenschaft.

Er hatte noch nie eine Frau getroffen, die sein Blut nur mit einem Lächeln oder einem Lachen in Wallung brachte. Alles an ihr brachte die Welt auf eine Weise zum Leuchten, die er nie für möglich gehalten hätte.

Aber er hatte sie nicht verführt, nicht auf die Art und Weise, wie es die Gesellschaftskolumne suggerierte. Er hatte ihr einen Vorgeschmack darauf gegeben, was Vergnügen zwischen einem Mann und einer Frau sein konnte, die sich füreinander interessierten, und als er sie in seinen Armen hielt und ihr Körper unter den Nachwehen der Erlösung zitterte, hatte er sich in ihren sanften braunen Augen verloren. Die Worte seines Heiratsantrags lagen ihm bereits auf der Zunge, und gerade als er den Mut aufbrachte, etwas zu sagen, nahm sie ihren trotzigen Geist zusammen und riss sich von ihm los. Sie hatte ihn verlassen, und sein Herz hatte sich mit unvorstellbarem Schmerz verengt, verletzt und verwirrt durch ihre gegensätzlichen Reaktionen auf ihn.

Eben noch schnurrte sie in seinen Armen wie ein Kätzchen, und im nächsten Moment spuckte sie wie wild und ließ ihn die tiefen Wunden ihrer verbalen Krallen spüren.

»Warum hast du sie nicht gefragt?«, fragte Lucien. »Du brauchst keine Angst zu haben. Ich war nervös, als ich Horatia einen Heiratsantrag machte, und das hätte ich nicht sein müssen.«

Jonathan seufzte. »Aber Horatia ist so viel vernünftiger als ihre Schwester. Audrey ist ...« Die Worte entglitten ihm.

»Wild? Unbezwingbar? Ein Wildfang höchsten Grades?«, vermutete Lucien mit einem schelmischen Funkeln in den Augen.

»Genau«, stimmte Jonathan zu. Sie war all diese Dinge und noch mehr. So viel mehr.

»Cedric wird einverstanden sein, weißt du. Darüber brauchst du dir nun wirklich keine Sorgen zu machen. Er vertraut dir mehr, als er mir je vertraut hat.« Seine Stimme hatte einen weichen, melancholischen Klang, der Jonathans Aufmerksamkeit erregte. Die beiden Männer waren wegen Horatia aneinandergeraten und hatten sich schließlich am Weihnachtstag duelliert. Es war ein Wunder, dass an jenem Tag niemand gestorben war.

Es beruhigte Jonathan zwar, dass Cedric nichts dagegen hatte, dass er Audrey heiraten würde, aber es war die Dame selbst, die ihm Sorgen bereitete. Ein Lakai im Hause Sheridan hatte ihn gewarnt, dass Audrey unbedingt die Kunst der Spionage erlernen wollte, um Spionin zu werden. Das war lächerlich. Könnte es das sein, was einen Keil zwischen sie getrieben hatte? Sie hatte sich einmal für ihn interessiert, aber jetzt schien sie fest entschlossen, keinen Mann zu heiraten, und geriet immer öfter in gefährliche Situationen.

Der starke Stich von Audreys Zurückweisung brachte ihn zu Luciens Worten zurück.

»Es ist nicht Cedric, um den ich mir Sorgen mache. Letztes Jahr war ich so überzeugt, dass Audrey von mir umworben werden wollte, aber jetzt ... hat sich etwas geändert.« Er ließ seinen Blick durch den Raum schweifen, suchte nach Antworten und wusste, dass er keine finden würde.

Lucien zündete sich eine Zigarre an und paffte langsam und nachdenklich daran. »Manchmal sind Frauen davon überzeugt, dass sie etwas wollen, aber sobald es in Reichweite ist, haben sie Angst, es tatsächlich zu bekommen.«

»Aber warum?«

»Herr, wenn ich das wüsste, würde ich es dir sagen.«

Jonathan atmete aus und lehnte sich in seinem Stuhl zurück. »Wenn Lady Society die Wahrheit sagt, dass Audrey mich nicht will, wäre es dann nicht anständig, sie gehen zu lassen?«

Lucien legte seine Zigarre auf ein Tablett in der Nähe und lehnte sich vor, stützte die Ellbogen auf die

Knie und presste nachdenklich die Finger zusammen. Dann starrte er Jonathan aufmerksam an. Lucien war Anfang dreißig und hatte in der Welt schon viel gesehen und getan. Jonathan war mit seinen fünfundzwanzig Jahren im Vergleich dazu ein Junge. Er vertraute den Ratschlägen seines Freundes.

»Ich denke, du solltest sie nicht gehen lassen. Sie ist verletzt. Es ist etwas passiert, und sie gibt auf. Aber das solltest du nicht auch tun. Bei Horatia und mir war es ähnlich. Ich habe ein paar dumme Dinge gesagt und noch dümmere Dinge getan, und statt sich gegen mich zu wehren, hat sie sich von mir zurückgezogen. Es besteht die Möglichkeit, dass Audrey sich wie ihre Schwester verhält. Ich habe gesehen, wie Audrey dich ansieht, wenn sie denkt, dass niemand zuschaut. Sie hat Sterne in ihren Augen, mein Junge. Und wenn du sie willst, dann nimm sie dir.«

Jonathans Lächeln war traurig. Er war zu sehr von törichten Hoffnungen erfüllt, und er wusste es. »Sterne in ihren Augen?«

»Sie verhält sich frivol, wenn es um die Liebe geht, aber sie ist eine echte Romantikerin. Sie ist die Art von Frau, die Kätzchen aus dem Regen rettet, die versucht, die Hilflosen zu kleiden und zu ernähren, und die für das kämpft, woran sie glaubt. Sie ist unserer Lady Society nicht unähnlich, nehme ich an.« Er winkte mit einer Hand in Richtung der Zeitung, die Jonathan immer noch in der Hand hielt, und seine Lippen zuckten. »Eine

Frau wie sie verdient einen Champion, der an ihrer Seite kämpft und ihre edlen Ziele nicht verrät. Wenn du dieser Mann bist, dann sage ich, dass du um jeden Preis dranbleiben solltest.«

Jonathan legte die zerknitterte Zeitung auf den Tisch und glättete die Seiten, während er über jede Begegnung mit Audrey nachdachte, die er je gehabt hatte. Von dem ersten Kuss in ihrem Schlafgemach letzte Weihnachten bis zu jenem Nachmittag im Bordell, als sie in seinen Armen auseinanderbrach, als er sie zum ersten Mal intim berührte. Danach war sie wütend, verletzt und kalt gewesen, aber in diesen ersten Momenten, als er ihr Freude bereitet hatte, hatte er das Mädchen gesehen, das ihn mit Sternen in den Augen anschaute.

»Ich möchte ihr Mann sein. Ihr Held, ihr Schurke, was auch immer ich für sie sein soll.«

Lucien lächelte und holte seinen Brandy. »Das ist ein guter Junge.« Als Jonathan sich nicht rührte, trat Lucien mit einem seiner Reitstiefel nach ihm. »Sitz nicht einfach so da, sondern geh zu ihr, bevor sie noch mehr Ärger bekommt.«

Jonathan sprang von seinem Stuhl auf und winkte einen Jungen herbei, der darauf wartete, zu bedienen.

»Hol meinen Mantel und lass mein Pferd nach vorn bringen.«

»Natürlich.« Der Junge stürzte davon. Jonathan wollte gehen, blieb aber an der Tür stehen.

»Wirst du den anderen sagen, dass ich eine dringende Angelegenheit zu erledigen habe?«, fragte er Lucien.

»Das werde ich. Es nützt aber nichts, ihnen zu sagen, was genau du vorhast, solange der kleine Wildfang nicht richtig gefesselt ist, oder zumindest bereit ist, es zu sein. Cedric wird darauf bestehen, sie in der Kirche zu übergeben, also mach keine Dummheiten und laufe nicht nach Gretna Green.«

»Natürlich nicht. Sie wird eine richtige Hochzeit wollen, und sei es nur, um einen Vorwand zu haben, ein neues Kleid zu kaufen.« Jonathan tippte mit den Fingern auf den Türpfosten, zögerte noch einen Moment und verließ dann den Raum. Ja, Audrey und ihre Kleider - die Frau war besessen von der Mode. Ein Lächeln umspielte seine Lippen, als er beschloss, dass er, wenn sie heirateten, einen ganzen Raum nur mit Häubchen füllen würde, wenn sie es wünschte.

Was immer du willst, mein Herz, sollst du haben, wenn ich dich nur überzeugen kann, ja zu sagen.

Er schritt durch die Galerie des Clubs. Die meisten Stühle waren mit Männern besetzt, die lasen, obwohl einige der älteren Herren schliefen. Ein guter Club war ein Zufluchtsort für Männer vor der Welt, ihren Frauen oder allem anderen, dem sie aus dem Weg gehen wollten. Jonathan ging nichts aus dem Weg, aber er war immer noch neu in der Gesellschaft, und hier hatte er zumindest nie das Gefühl, verurteilt zu werden. Er mochte die ruhige Gesellschaft im Berkley's, besonders wenn sein Halbbruder und seine Freunde dort waren.

Er nahm die Treppe hinunter durch den Kartenraum. Es war eine recht ruhige Nacht hier. Nur wenige Tische waren mit Faro und Whist besetzt, aber Jonathan wusste, dass die Einsätze hoch sein würden. Cedric, Audreys älterer Bruder, hatte Anfang des Jahres in diesem Raum ein Paar Araberpferde von einem Kerl gewonnen, der Cedric und seine Frau in einem Racheakt fast getötet hätte.

Jonathan mied diese Tische wohlweislich. Er war noch nie ein Spieler gewesen, zumindest nicht mit Geld. Das Kartenspiel und die Glücksspiele waren für ihn nicht attraktiv. Obwohl er inzwischen ein kleines Landgut und ein Stadthaus in London besaß und über ein ansehnliches Vermögen und ein regelmäßiges Einkommen verfügte, das ihm sein Halbbruder geschenkt hatte, konnte er es nicht über sich bringen, auch nur kleine Summen an den Spieltischen zu riskieren. Er hatte sein ganzes Leben damit verbracht, sich seinen Weg zu verdienen. Der Gedanke, alles im >Glücksspiel zu riskieren, war völliger Wahnsinn.

Eine Stimme riss ihn aus seinen Gedanken, als er den Flur erreichte. »Mr. St. Laurent!« Ein junger Mann in der Livree des Lonsdale-Anwesens trat eben durch die Eingangstür des Clubs. Er erkannte den Jungen als Tom Linley, den Diener von Charles Humphrey, dem Earl of Lonsdale, der ebenfalls zu seinen Freunden gehörte.

Während die meisten Diener im Haus ihres Herrn blieben, war Linley auch zu einem Begleiter von Charles geworden, der ihm auf Schritt und Tritt folgte, alle möglichen Besorgungen machte und bei Bedarf Nachrichten überbrachte.

»Tom?« Jonathan nahm seinen Mantel von dem Diener entgegen und ging zu Linley hinüber. Die blauen Augen des Jungen waren weit aufgerissen, und seine Brauen waren vor Sorge zusammengezogen.

»Es ist ein Glück, dass ich Sie gefunden habe, Sir. Seine Lordschaft hat mich früher in den Club geschickt, um Sie alle zu informieren. Er ist bei Tattersall, aber er hat eine Nachricht von Miss Audrey Sheridan erhalten. Normalerweise würde ich den Inhalt eines privaten Briefes nicht preisgeben ...«

»Aber du hattest das Gefühl, dass du es jemandem sagen musstest?«

»Nicht irgendjemandem, sondern Ihnen«, beharrte Linley. »Sie - also Miss Sheridan - sollte seine Lordschaft bitten, sie heute Abend in einen verrufenen Club zu begleiten, aber in dem Brief schrieb sie, sie brauche ihn nicht mehr.« Linley bewegte sich unruhig.

»Und du bist besorgt?« Jonathan zog seinen Mantel und seine Reithandschuhe an.

»Ich habe Angst, dass sie trotzdem geht. Verzeihen Sie, wenn ich das sage, aber Sie wissen, wie sie ist, Mr. St. Laurent. Übermütig und eigensinnig.«

»Das weiß ich nur zu gut«, sagte er seufzend. »Weißt du, wo sie hinwollte?«

»Das tue ich.« Linley reichte ihm einen Zettel mit einer Adresse. »Seien Sie vorsichtig, Mylord. Es ist ein Hell Fire Club, voller böser Männer, heißt es. Sie kann da nicht allein reingehen.«

Ein Hell Fire Club? War die Frau verrückt? In seinem Magen bildete sich ein Knoten der Angst. Das war weitaus rücksichtsloser als alles, was sie bisher getan hatte. Warum in aller Welt sollte sie das tun?

»Da hast du völlig recht. Vielen Dank, Tom.« Jonathan versuchte, trotz seines klopfenden Herzens äußerlich ruhig zu bleiben, klopfte dem Jungen auf die Schulter und ging.

Es war noch sehr früh am Abend, und jeden Moment würden die anderen Freunde im Bombay Room etwas trinken gehen. Die Ehefrauen aller verheirateten Männer hatten ein Abendessen, aber Audrey nutzte den Abend, um zu fliehen.

Zweifellos denkt sie, dass ich nicht da sein werde, um zu entdecken, dass sie wieder weggelaufen ist. Es sollte mich nicht überraschen, wirklich nicht.

Aber er hatte gehofft, dass ihre Begegnung mit ihm heute Nachmittag sie zumindest für ein paar Tage von weiteren Abenteuern abhalten würde. Jetzt vermutete er, dass es sie nur noch mehr angespornt hatte. Er fand sein Pferd und ritt zurück zu seinem Haus in der Half Moon

Street. Sein Butler begrüßte ihn herzlich, doch als er Jonathan finster dreinblicken sah, wurde er ernüchtert.

»Kann ich Ihnen irgendwie helfen, Sir?«, fragte Mr. Leigh.

»Lassen Sie eine Mietkutsche anhalten. Ich muss sofort ins Temple Bar-Viertel.«

»Das werde ich sofort tun.« Mr. Leigh verließ das Haus, und Jonathan machte sich auf den Weg in sein Schlafzimmer. Sein Kammerdiener Louis polierte gerade ein Paar Stiefel. Als Jonathan eintrat, erhob er sich von dem Stuhl am Feuer und verbeugte sich.

»Guten Abend, Louis. Ich brauche ein Hemd, eine Weste und eine Hose. Alles schwarz.«

»*Alles* schwarz?«, fragte der junge Mann und neigte verwirrt den Kopf.

»Ja.« Er konnte weitere Fragen auf den Lippen des Mannes sehen, aber zum Glück sprach der Diener nicht weiter. Jonathan hatte keine Lust, irgendjemandem zu erzählen, dass er heute Abend einen Hell Fire Club zu infiltrieren plante. Wie genau er das bewerkstelligen wollte, war allerdings noch nicht klar. Er würde es herausfinden, sobald er dort war. Er öffnete seine Kommodenschublade und holte eine Pistole heraus, etwas, das er sich angewöhnt hatte, nachdem mehrere seiner Freunde im letzten Jahr in gefährliche Situationen geraten waren. Es wäre klug, das Ding heute Abend mitzunehmen, für den Fall, dass er in Schwierigkeiten geraten würde, was angesichts der Tatsache, dass Audrey involviert war, fast sicher war.

Sobald er angezogen war, eilte er die Treppe hinunter und sprang in die wartende Droschke. Als der Wagen den Stadtteil Temple Bar erreichte, bezahlte er den Fahrer und eilte an *Twining's Tea Shop* und den *Lower Courts of Justice* vorbei. Er fand das Stadthaus, das zu der Adresse passte, die Linley ihm gegeben hatte, und schaute sich um, in der Erwartung, dass sich eine Gelegenheit ergeben würde. Er würde sich nicht so einfach Zutritt verschaffen können, nicht durch die Vordertür. Die Mitglieder des Clubs hatten wahrscheinlich geheime Passwörter oder anderen Unsinn parat, um Außenstehende am Eindringen zu hindern.

Er schlich sich durch die Gasse zwischen dem Haus und dem Nachbargebäude und fand den Eingang für die Bediensteten. Er wettete darauf, dass diese Tür nicht verschlossen sein würde. Er schlang seine Finger um den Griff und drehte ihn vorsichtig, um eine Küche zu enthüllen. Eine mollige Köchin mit einer fettigen Schürze rührte mit einer großen Kelle in einem dampfenden Topf und murmelte vor sich hin.

»Verdammte Katze. Was brauchen diese schicken Herrschaften das Vieh? Ratten fängt der jedenfalls keine.«

Jonathan schüttelte den Kopf und konzentrierte sich darauf, sich ungesehen hinter der Köchin vorbeizuschleichen. Sie hielt inne und wischte sich über die Stirn, dann richtete sie sich auf und drehte sich um. Er war schon fast an der Tür, die zum Rest des Hauses führte, als sie ihn entdeckte.

»He! Was machst du denn hier?«

Er erstarrte und drehte sich um, um in das verkniffene Gesicht der mürrischen Köchin zu schauen. »Ich bin spät dran und habe Angst, dass man mich nicht reinlässt. Ich dachte, wenn ich mich durch die Küchen schleiche ...« *Bitte, Herr, lass es funktionieren.*

Die Köchin grinste breit. »Sie sind neu, oder? Sie sind hübscher als alle anderen. Dieses blasse Haar, diese grünen Augen - ich wette, die Mädchen lieben dich, oder?«

»Ja, manchmal.« Er schluckte und betete, dass sie seine Täuschung nicht durchschauen würde. Aber sie schien ihn zu mögen. Sein Aussehen war schon immer ein Vorteil gewesen. Sogar die früheren Geliebten seines älteren Bruders wollten mit ihm schlafen, nicht dass Jonathan sich jemals getraut hätte, das seinem Bruder zu sagen. Der Duke of Essex hatte einen kräftigen rechten Haken.

»Na, dann geh schon. Du willst doch nicht zu spät zum Abendessen kommen. So ein Ding hier wirst du auch brauchen.« Die Köchin bückte sich, öffnete einen Schrank neben dem Herd und holte eine Dominomaske mit einem aufgemalten Teufelsgesicht heraus. Nur seine Nase, sein Mund und sein Kinn waren noch zu sehen. Es war eine perfekte Verkleidung.

»Danke.«

»Du kannst mir mit einem Kuss danken«, schlug die Köchin vor und klimperte mit ihren kurzen Wimpern.

»Später, ich verspreche es«, bot er ihr stattdessen ein verschmitztes Grinsen an.

»Nicht so schnell. Ich werde jetzt meine Bezahlung entgegennehmen.« Sie hielt die Maske aus seiner Reichweite.

»Sehr gut, du verführerische Dame.« Er beugte sich vor, um ihr einen kurzen Kuss auf die Wange zu geben, aber sie bewegte sich und packte seine Krawatte, zog sein Gesicht zu ihrem und presste ihre Lippen auf seine.

Erschrocken zuckte er zurück und riss ihr hastig die Maske aus der Hand, bevor sie weitere Küsse fordern konnte. Sie zwinkerte ihm zu, bevor er sich abwandte und sich diskret den Mund am Ärmel seines Mantels abwischte.

Großer Gott, Audrey, ich hoffe, du bist das alles wert.

Aber er wusste, dass sie es war. Sie war es wert, jeden Preis zu zahlen.

Er setzte die Maske auf und trat in den Korridor. Eine Gruppe von Männern stand in der Eingangshalle und trank kräftig. Alle trugen schwarze Kleidung und Domino-Masken wie er. Er blickte sich um, sein Herz klopfte, als er Audrey suchte, aber im Raum waren nur Männer. Wo war sie? Vielleicht könnte er sich davonschleichen und den Rest des Hauses durchsuchen?

Eine dröhnende Stimme kam von der großen Treppe

oben. »Willkommen, meine Herren.« Jonathan suchte Schutz hinter den trinkenden Männern und beobachtete den Mann, der die Treppe herunterkam, um sie zu begrüßen.

»Als Herr der Lust heiße ich euch heute Abend zu unserem satanischen Fest willkommen.« Der Mann hielt eine schwarze Katze in seinen Armen. Die Ohren der Katze waren vor Angst und Wut abgeflacht, aber sie kratzte oder spuckte nicht, wie Jonathan es erwartet hatte. Der Mann, der sie hielt, der so genannte Herr der Lust, hatte eine vertraute Stimme, die er aber nicht zuordnen konnte.

»Langley, sagen Sie mal ...«, murmelte ein betrunkener Mann. »Haben Sie endlich diese Lady Society gefunden? Sie haben versprochen, dass Sie ...« Der Mann schluckte. »Ich würde ihr gerne die Röcke hochwerfen und ...«

Der Herr der Lust zischte. »Ich muss Sie nicht daran erinnern, Herr des Weins, dass wir uns mit unseren *Sündennamen* anreden müssen, nicht mit unseren wahren Namen. Die Anonymität muss gewahrt bleiben.«

Der Herr des Weins gluckste. »Oh ... richtig. Und, haben Sie sie gefunden, Lusty?«

Der Mann seufzte, da er offensichtlich das Gefühl hatte, dass seine Theatralik umsonst gewesen war. »Das habe ich.«

Langley ... Jonathan kannte diesen Namen. Gerald Langley war ein lächerlicher, aber gefährlicher Narr, der vor kurzem wegen seiner Grausamkeit und Schurkerei öffentlich bloßgestellt worden war.

Und die Frau, die seinen Namen in den Dreck gezogen hatte, war Lady Society.

»Und wo ist sie?«, forderte ein anderer Mann.

»Auf dem Weg. Ich habe ihr eine Einladung geschickt, der sie nicht widerstehen konnte. Sie glaubt dummerweise, dass sie uns übertrumpfen wird. Für den Moment schlage ich vor, dass wir uns alle in den Speisesaal setzen und etwas trinken, während wir auf ihre Ankunft warten.«

Die Gruppe von Männern ging in einen makaber dekorierten Speisesaal und setzte sich an den Tisch. Dutzende von Kerzen wurden angezündet, das Wachs tropfte herunter und verlieh der ganzen Veranstaltung eine gotische Atmosphäre. Der »Herr der Lust« setzte sich, und die schwarze Katze sprang fauchend vom Tisch und flitzte in den Flur.

»Verdammte Katze.« Langley fluchte und schenkte sich einen Becher Wein ein. Er lehnte sich zurück, ein kleines Lächeln auf den Lippen, während er den Rest seiner Anbeter betrachtete. Als die anderen sich ihm anschlossen, nahm Jonathan einen Becher und trank einen Schluck, um nicht aufzufallen. Warum wollte Audrey ausgerechnet hierher kommen? Sie hatte doch sicher nicht den Auftrag, diese Männer auszuspionieren? Sie waren nicht gefährlich, zumindest nicht für die Krone. Einige Hell Fire Clubs waren dafür bekannt, dass sie Unruhe stifteten und zu Gewalt auf den Straßen, ja sogar zu Aufständen, aufriefen, aber so, wie es aussah, war Langleys Club lediglich eine Gelegenheit für Männer, sich in Ausschweifungen zu ergehen.

Warum also sollte Audrey diesen Ort gewählt haben? Dann wurde es ihm klar. Langley hatte Lady Society heute Abend hierher gelockt. Die berühmt-berüchtigte Kolumnistin, die mit ihrer Feder diejenigen vernichtete, die es ihrer Meinung nach verdient hatten.

Wenn Audrey mit Lady Society befreundet war, würde das alles über den heutigen Artikel erklären. Er wollte knurren. Sobald er sie gefunden hatte, würde er sie sicher von diesen Männern wegbringen und ihr den Hintern versohlen; dann könnte er sie im Arm halten und endlich aufatmen.

Die Tür zum Speisesaal öffnete sich, und der Butler führte einen neuen Mann herein. Er kam Jonathan irgendwie bekannt vor. Er ging in aufrechter Haltung, die von Adel sprach, der durch alte Blutlinien weitergegeben wurde. Er war nicht wie die Männer an diesem Tisch, die ungehobelten und gefühllosen Raufbolde in schicken Kleidern, aber ohne einen Funken von Adel unter ihnen. Er beobachtete den Mann genau und versuchte, das Gefühl der Vertrautheit zu ergründen.

Der Mann lächelte einige der Mitglieder an, die damit beschäftigt waren, unanständige Witze zu erzählen, und obwohl das Lächeln gezwungen wirkte, erkannte Jonathan ihn schließlich - zumindest glaubte er das. War das

James Fordyce, der Earl of Pembroke? Er war doch sicher kein Mitglied? Er hatte mehr Verstand als das, und er war ein guter Mann, zu gut. Er war ein Freund der Liga der Schurken, wurde aber von der Liga als viel zu nett und gutherzig angesehen, um selbst Mitglied zu sein. Hatte die Liga ihn etwa falsch eingeschätzt? Jonathan mochte ihn sehr, und seine Instinkte waren nicht immer falsch.

Warum war James also hier? Der Mann, falls es James war, kam zu ihm herüber und setzte sich ihm gegenüber. Ihre Blicke trafen sich kurz, aber keiner der beiden sprach.

»Meine Herren!« Langleys Stimme brachte die Geschichten und das Gelächter zum Schweigen. Jonathan wandte sich wie die anderen Männer an Langley. Mit dem lodernden Feuer im Rücken spielte der Mann seine Rolle als Satansanbeter perfekt aus, und es schien, als ob sogar der Herr des Weins in den Geist der Dinge einstieg. Er erhob sich von seinem Stuhl, das Licht der Kerzen spielte mit dem unheimlich bemalten Gesicht der Maske, die er trug. Jonathan schauderte vor Abscheu.

»Heute Abend haben wir ein Festmahl vorbereitet. Wie ich bereits bei unserem letzten Treffen erwähnt habe, haben wir einige *besondere* Gäste, einige Damen, die Ihnen gut bekannt sind.« Langley machte eine Pause, damit die Männer über seinen privaten Witz lachen konnten. Die Grausamkeit in Langleys Stimme ließ

Jonathan verkrampfen. *Bitte lass Audrey zu Hause und in Sicherheit sein ... oder irgendwo anders als hier.*

Langley fuhr fort. »Sie wollen sich an den dunklen Künsten beteiligen, und wir haben zwei köstliche junge, jungfräuliche Schönheiten, die sich gnädigerweise bereit erklärt haben, unser Bedürfnis nach dem Blut Unschuldiger zu stillen.«

Jonathan rutschte in seinem Sitz nach vorne und versuchte, den Drang zu bekämpfen, von seinem Stuhl aufzuspringen und aus dem Raum zu stürmen. Alles, was er wollte, war, Audrey zu finden und sie sicher von diesen Bastarden wegzubringen.

Der Mann neben Jonathan stupste ihn in die Rippen. »Ich würde gerne diese reife Frucht pflücken. Was ist mit Ihnen?«

Jonathan gab ein schroffes Geräusch von sich und hoffte, die Männer würden annehmen, dass er damit einverstanden war, aber das ganze Ereignis machte ihn krank. *Freiwillig.* Er hielt das für höchst unwahrscheinlich. Wenn ihm etwas wichtig war, dann war es das Recht einer Frau, sich ihre Liebhaber auszusuchen. Diese Nacht würde wahrscheinlich eine Reihe von Vergewaltigungen sein. Wer auch immer diese Frauen waren, sie waren nicht sicher.

Bitte lass Audrey nicht eine von ihnen sein. Bitte mach, dass sie zuhause geblieben ist.

»Sind Sie vorbereitet?«, verlangte Langley mit einem

dunklen Grinsen, das gerade noch unter den Rändern seiner Maske zu erkennen war.

Die Männer im Raum johlten und pfiffen, als sich die Türen des Speisesaals öffneten und sechs Damen hereinkamen. Sie nahmen auf den leeren Stühlen zwischen den Männern am Tisch Platz.

Langley räusperte sich. »Meine Herren, als Herr der Lust möchte ich Ihnen unsere Gäste vorstellen. Die Herrin der Sünde, die Herrin der Nacht, die Herrin der dunklen Begierde und die Herrin des Schlafzimmers.«

Jonathan studierte die Frauen genau, als sie genannt wurden. Doch als er die letzten beiden Frauen erreichte, stockte ihm der Atem. Eine Frau in einem roten Kleid und eine Frau in Lila saßen nebeneinander. Alle trugen Halbmasken, die ihre Gesichter so weit freigaben, dass sie ihm bekannt vorkamen. Die Dame in Lila war Gillian Beaumont, Audreys treues Dienstmädchen und Freundin. Und der Wildfang im roten Kleid war ...

»Audrey.« Er sagte das Wort laut, aber so leise, dass ihn niemand hörte.

Verdammnis. Sie war doch noch gekommen. Sie und Gillian. Er würde sie beide irgendwie retten müssen, und die Chancen standen heute Abend nicht gut für ihn.

Er warf einen Blick auf James Fordyce. Er ahnte den Grund, warum der Mann anwesend war, und betete, dass er damit richtig lag. Aber selbst wenn James ihm bei der Rettung helfen konnte, waren sie immer noch zahlenmäßig unterlegen.

»Und zu guter Letzt haben wir einen hochgeschätzten Gast unter uns. Erinnern Sie sich an die bissige, giftige Feder dieser Schlampe, die sich Lady Society nennt?« Langley spuckte. Jonathan spannte sich an, als die Männer um ihn herum auf den Tisch schlugen. Audrey zuckte zusammen, und Jonathan sah, wie sich die Muskeln in ihrer Kehle anspannten, während sie versuchte, ruhig zu bleiben.

»Heute Abend habe ich die perfekte Falle gestellt und Lady Society selbst an meine Tür gelockt. Ich habe neulich auf einem Ball verraten, dass wir uns heute Abend treffen werden und dass sie unsere Unterhaltung nicht verpassen möchte.«

Audreys Gesicht verlor jegliche Farbe, und ihre Lippen öffneten sich. Jonathan starrte sie entsetzt und verständnisvoll an. Audrey war nicht hier, um ihrer Freundin Lady Society zu helfen.

Sie ist Lady Society.

Und das bedeutete, dass alles, was sie ihm in dieser Kolumne gesagt hatte, die Wahrheit sein musste, nicht wahr? Dass er sie in Ruhe lassen sollte, dass sie ihn nicht wollte.

Ein tiefes Gefühl der Scham drohte ihm den Atem zu rauben, doch er hielt an seinem Entschluss fest. Er musste sich jetzt darauf konzentrieren, sie zu retten. Es spielte keine Rolle, was sie für ihn empfand; das würde ihn nicht davon abhalten, das Richtige zu tun.

Die Folgen der Kreuzzüge von Lady Society holten

sie schließlich ein. Und jetzt würden sie beide dafür sterben.

Wenn Sie wissen möchten, wie es weitergeht, können Sie das Buch HIER bestellen: amazon.de/dp/B09Z13NQ55